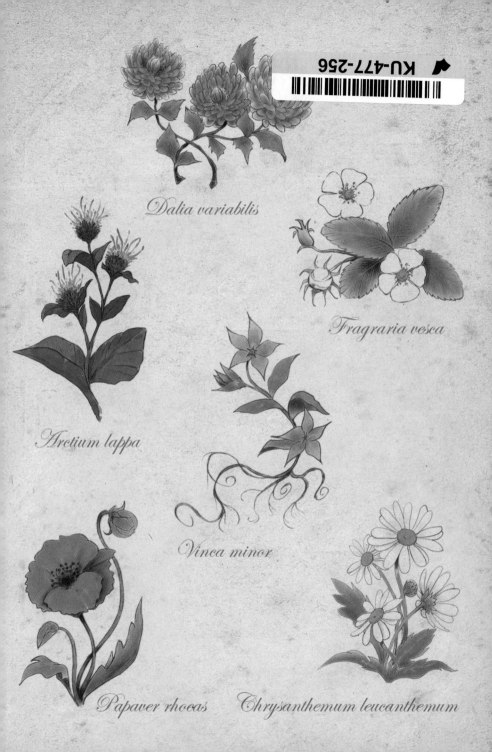

Dalia variabilis

Fragraria vesca

Arctium lappa

Vinca minor

Papaver rhoeas

Chrysanthemum leucanthemum

Il Segreto delle Gemelle

I

Progetto artistico di Elisabetta Gnone
Impaginazione inserti a colori: Francesco Gemelli
Illustrazioni: Alessia Martusciello
Colori: Barbara Bargiggia
I quadri del signor Poppy sono stati gentilmente curàti
da Antonella Iozzolino e Miriam Pagliaro
Progetto grafico dell'interno e impaginazione:
Marco Volpati e Francesco Gemelli
Copertina: Alessia Martusciello, Barbara Bargiggia,
Alessandro Barbucci e Francesco Gemelli
Ufficio tecnico: Gianluigi Ronchetti

© 2005 Elisabetta Gnone per il testo e le illustrazioni
info@fairyoak.it - www.fairyoak.com
© 2005 Istituto Geografico DeAgostini S.p.A., Novara
www.deagostini.it
Redazione: via Montefeltro, 6/A - 20156 Milano

Prima edizione: ottobre 2005
Prima ristampa: novembre 2005
Seconda ristampa: dicembre 2005
Terza ristampa: gennaio 2006
Quarta ristampa: febbraio 2006
Quinta ristampa: marzo 2006
Sesta ristampa: ottobre 2006
Settima ristampa: novembre 2006
Ottava ristampa: dicembre 2006
Nona ristampa: marzo 2007
Decima ristampa: maggio 2007
Undicesima ristampa: ottobre 2007
Dodicesima ristampa: gennaio 2008
Tredicesima ristampa: aprile 2008

Catalogo U7350045
ISBN 978-88-418-2673-8

Prestampa: G.F.B., Sesto San Giovanni (Mi)
Stampa: La Tipografica Varese S.p.A., Varese - 2008

Elisabetta Gnone

Il Segreto delle Gemelle

DeAGOSTINI

A Will
che ama leggere
sulla panchina
all'ombra del melo
mentre tira
la palla a Nani

E a Nani che
ha imparato ad aspettare
che Will
finisca la pagina

Grazie a Rey Castelli per l'aiuto a 360°; a papà, Roby, Mat, Laura, Anna, Vittorio, Elena, Pigi, Mike, Hellen, Arianna, Luca ed Enzo per aver risposto alle domande più assurde… senza fare domande; a Gianluca e Serena per… una storia buffa e per l'assistenza tecnica notturna; a Marione per essersi lasciato trascinare a Fairy Oak mille volte; e a Matteo, e a tutto il team, per aver dato l'impressione di esserci già stati.

A voi, mamma e Guido, un grazie profondo e speciale per avermi fornito le mappe e la bussola che mi hanno orientato in questo viaggio.

Da oltre mille anni,
a mezzanotte precisa, nelle case
di Fairy Oak avviene un fatto magico:
minuscole fate luminose raccontano
storie di bambini a streghe
dagli occhi buoni,
emozionate e attente.
Insolito, vero?!
Tutti sanno che fate e streghe
non vanno d'accordo
e che alle streghe i bambini
non piacciono affatto.
Ma siamo nella Valle di Verdepiano,
nel villaggio di Fairy Oak
e qui le cose vanno da sempre
un po' diversamente...

Arrivo a Fairy Oak

Quando giunsi a Fairy Oak, le bambine stavano per nascere. Avevo fatto un lungo viaggio e attraversato molti regni magici per raggiungere il villaggio della Quercia Fatata. Le mie ali erano stanche, ma l'emozione mi impediva di fermarne il tremore: si capisce, era la mia prima esperienza di lavoro!

- Buon giorno. Mi chiamo Sefeliceiosaròdirvelovorrò e sono la fata baby-sitter che avete richiesto al Gran Consiglio! - dissi all'anziana signora che si era affacciata alla porta.

Aveva i capelli bianchi come le rose del suo giardino, le mani affusolate e il portamento da regina. Teneva gli occhi spalancati e fissi su di me e per un attimo pensai che fosse di pietra perché, invece di rispondermi, stava zitta e immobile come una statua.

A un tratto sussultò, strizzò gli occhi per sentire

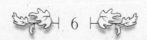

meglio e disse: - Eh???

Non ebbi il tempo di ripetere poiché subito dopo lei fece un luuuuuuuungo sospiro, e sorridendomi disse:

- Piacere di conoscerti, Felcefelice cioè... Vorreiessereuncomò... insomma, benarrivata. Fatti guardare, sei ancora più bella di come immaginavo. Prego, accomodati su questo morbidello alla ciliegia, l'ho appena tolto dal forno ed è ancora tiepido, starai comoda e potrai riposarti.

La bella signora prese posto su una grande sedia a dondolo scricchiolante, sistemò con cura il suo bell'abito verde salvia e assunse un'aria solenne.

- Come ho detto al Gran Consiglio, cara fatina, il tuo compenso sarà dieci petali di rosa al mese più due panini all'arancio per i giorni di festa. E... vorrei poterti chiamare Felì, se va bene anche a te.

Oh, dieci petali al mese andavano superbenonegrazie! Per non parlare dei panini all'arancio: ne sono golosissima! Ma Felì... stringiticuore!, cosa aveva fatto del mio bellissimo nome?

Presi a mia volta il tono più serio e solenne che avevo e...: - Sarò onorata di lavorare per voi, strega Lalla Tomelilla - dissi tutto d'un fiato. Ed era vero.

Lalla Tomelilla era la strega più famosa e stimata di tutti i tempi, e per me era un mito! Aveva ricevuto TRE Piume d'oro alla Bontà e i più importanti riconoscimenti per le scoperte in campo magico. Su di lei giravano mille leggende, si diceva che avesse cavalcato un drago alato, che potesse domare le onde dell'oceano con lo sguardo, che sapesse far fiorire il legno... La verità? Non la seppi mai. Qualcosa nei suoi occhi mi diceva che un drago avrebbe potuto cavalcarlo eccome! E chissà quante di quelle storie erano vere! Ma Tomelilla non se ne vantò mai. Era modesta e molto saggia, forse la più saggia di tutte le Streghe della luce.

Era davvero un grande onore lavorare per lei. E fin da subito si rivelò anche una fortuna.

La Quercia Fatata

Fairy Oak era un villaggio delizioso. Le case di pietra avevano verande e giardini fioriti, protetti da muri ricoperti di more e rose selvatiche. Gli abitanti erano quasi tutti molto gentili e c'erano tanti, tantissimi bambini.

Ma una cosa in particolare rendeva il villaggio davvero speciale: a causa di un antico incantesimo, o forse per volere delle stelle del Nord, Fairy Oak era l'unico posto, di tutti i mondi reali e incantati, dove Umani e Creature magiche vivevano insieme, mescolati da tempo in perfetta armonia. Streghe, fate e maghi abitavano le case di Fairy Oak come normali cittadini, e tali erano considerati dalla comunità.

I Magici, come loro stessi usavano chiamarsi, erano stati gli indiscussi padroni di quelle terre mol-

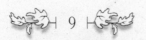

to prima degli Umani Senza Poteri. E quando questi arrivarono, invece di combatterli, li aiutarono a stabilirsi. Il capo dei Magici indicò al capo dei Nonmagici una valle tranquilla che degradava verso il mare calmo di una baia ampia e profonda. Era la Valle di Verdepiano. Il Monte Adum e gli alti boschi la proteggevano dai venti gelidi dell'Est, e due fiumi dalle acque cristalline rendevano la terra verde e rigogliosa.

Era un posto da sogno. E, infatti, qualcuno l'aveva già scelto a sua dimora: una quercia! Se ne stava tutta sola al centro di una radura ed era l'albero più grande che gli uomini avessero mai visto. Ma non era la grandezza la sua caratteristica più sorprendente: Quercia parlava! Anzi, per essere precisi, non stava mai zitta. Qualunque cosa le passasse per la testa (se di testa si può parlare) la pronunciava ad alta voce, proprio come fanno le persone sole.

Quercia fu molto felice di avere finalmente compagnia. E così, Magici e Nonmagici costruirono intorno a lei il primo villaggio della regione, e in suo onore lo chiamarono Fairy Oak, che significa appunto Quercia Fatata.

Gli anni passarono. L'alleanza si trasformò in

amicizia e i due popoli diventarono presto uno solo. Le reciproche conoscenze messe insieme portarono risultati straordinari: i Nonmagici insegnarono ai Magici l'arte della pesca, dell'agricoltura, dell'allevamento… e la matematica, la storia, la geografia… I Magici da parte loro organizzarono spettacoli portentosi nei quali dimostrarono di conoscere un'incredibile varietà di magie e incantesimi. E alcuni di questi si rivelarono molto utili alla comunità. Su due cose non si trovarono mai: le scienze e la medicina, e riguardo a queste ciascuno mantenne sempre il proprio pensiero.

Per anni fu uno dei regni più ricchi e felici di tutti i tempi. Fino a quando, una terribile notte d'estate, cominciarono gli assalti. Non da parte di altri popoli, poiché non ve n'erano in quelle terre. Piuttosto, il Male assoluto prese di mira il regno di Fairy Oak. Un nemico senza volto e senza anima, deciso a distruggere per il piacere di farlo.

Vorrei potervi raccontare di più su di Lui, ma tutto quel che so è che il popolo della Valle si trovò a combatterlo più volte a distanza di molti anni e lo sconfisse sempre. Allora, però, ero una fatina molto piccola e vivevo ancora nel mio regno, e i grandi non parlavano volentieri di queste cose davanti a noi. Perciò non so come fossero andate le cose. Di certo, quando arrivai a Fairy Oak, l'armonia e la quiete regnavano da molti anni sul villaggio e non v'era traccia di battaglie.

In compenso, in tutto quel tempo, le strambe abitudini degli Umani si erano mescolate alle strambe abitudini dei Magici ed era quasi impossibile distinguere gli uni dagli altri. Vi faccio un esempio: Ginestrella Gill! Sparì un pomeriggio d'estate dalla poltrona del suo giardino. Al suo posto lasciò un pallone di cioccolato e un biglietto che diceva "GOOOOOL!". Che ne era stato di Ginestrella Gill? Era un'Umana, cioè una Nonmagica, che, stufa, se n'era andata lasciando al marito le due cose per le quali lui l'aveva sempre trascurata, il cioccolato e il calciopalla? Oppure era una strega, che per festeggiare il compleanno del marito si era trasformata in ciò che lui amava di più? Non si seppe mai: mentre i grandi discutevano della questione, i bambini si mangiarono il pallone e Ginestrella Gill non tornò a dare spiegazioni.

Che Lalla Tomelilla fosse una strega lo sapevano tutti, e tutti la stimavano. Era forse la più onorevole cittadina di Fairy Oak e il rispetto che usavano con lei si rifletteva su di me: ricevevo coccole e attenzioni quasi da tutti. E non è finita: poiché i Magici di Fairy Oak che avevano nipotini ospitavano fate baby-sitter come me, avevo anche tante amiche.

Ciascuna di noi badava a giovani futuri maghetti e streghette. Le mie si chiamavano Vaniglia e Pervinca. Erano le nipotine di Lalla Tomelilla, figlie di sua sorella Dalia Periwinkle.

La famiglia Periwinkle

*L*a signora Dalia fu sempre molto gentile con me; suo marito, il signor Cicero, era un Nonmagico un po' brontolone, ma molto cortese. "Felì, le tue antenne interferiscono con il segnale della mia radio" mi ripeteva sempre "fai qualcosa per favore!"

Ma cosa potevo fare? Le lunghe antenne delle fate servono proprio a questo, a captare i segnali! Non i segnali delle radio, s'intende, quelli sono arrivati molto dopo, ma i segnali d'aiuto, di pericolo, di gioia... Non potevo certo tagliarle!

Quanto alle bambine, erano belle come i fiori dei quali portavano il nome e si comportavano quasi sempre bene. Ero la fata più fortunata del mondo.

Una sola cosa disturbò di tanto in tanto il mio soggiorno a Fairy Oak: l'odore di fuliggine. Puah! Nelle grandi città era tetropuzzolentissimo, lo sapevo, ma per me, che provenivo dal Regno delle Rugiade d'Argento, anche la leggera puzzetta grigia del villaggio era talvolta fastidiosa. Così, Lalla Tomelilla mi regalò un barattolo di marmellata di more, quasi vuoto, ma ancora molto profumato, che diventò la mia casetta.

Mamma Dalia mi fece un lettino di pane che ogni giorno sostituiva con quello appena sfornato; Cicero mi regalò una scatola di fiammiferi vuota che diventò il mio armadio e Tomelilla trasformò un rocchetto di filo da cucire nella più bella scrivania che fata avesse mai avuto. Era una casina piccola piccola, ma per me andava benissimo. Ormai l'avrete capito: noi fate baby-sitter siamo grandi, anzi piccole, come il palmo della mano di un bambino.

Anche la casa della mia famiglia era molto confortevole e mi piacque fin dal primo giorno! I soffitti, il pavimento e i mobili di legno infondevano un'atmosfera calda e accogliente, soprattutto di sera, quando le luci venivano accese e si dava fuoco alla legna nel grande camino della sala. Di giorno, invece, i muri di pietra bianca e rosata accoglievano la luce che entrava dalle grandi finestre e la casa s'illuminava d'oro.

C'erano nove stanze, ma parevano cento! Comunicavano tutte attraverso un complicato sistema di porte, scale e corridoi, e nessuna era sullo stesso livello. Guardandola da fuori, si sarebbe detta una casa a tre piani, ma dentro era tutto un saliscendi di gradini e scalette scricchiolanti. Un vero labirinto!

Aveva un buon profumo di legno, ma un'annusatina più attenta rivelava che ciascuna stanza possedeva un aroma particolare: la cucina, per esempio, profumava di mele e di legno d'acero; la camera delle bambine invece sapeva di matite temperate e di burrocacao alla fragola; lo studio del signor Cicero aveva il buon odore dei libri, e il salotto sapeva di cognac, mentre la camera di Tomelilla profumava di bucato fresco. Era facile orientarsi, bastava fidarsi del naso invece che degli occhi!

Trascorsi molti anni in quella casa e ne ricordo ogni attimo poiché furono i più belli e i più intensi della mia vita.

L'Ora del Racconto

*T*utte le notti, quando l'orologio della Piazza della Quercia batteva mezzanotte, le streghe e i maghi di Fairy Oak chiamavano le fate baby-sitter per sapere cosa avevano fatto i loro nipotini durante il giorno.

Noi la chiamavamo "L'Ora del Racconto"…

- Felì, esci dalla marmellata, per favore: è ora!

Tomelilla mi aspettava nella serra addossata alla casa, con gli attrezzi da giardinaggio in mano e gli occhi a punto interrogativo (le streghe sanno farlo!).

Mentre io parlavo, lei lentamente potava, innaffiava, invasava, staccava fiori appassiti, lucidava foglie… Diceva che così mi ascoltava meglio, e a me piaceva guardarla.

I primi anni trascorsero lievi e sereni. Ma intorno al nono anno qualcosa cambiò.

Tomelilla diventò molto più curiosa di particolari e dettagli che potessero dimostrare anche solo un'ombra di magia nelle bambine. Le streghe, di solito, rivelano i loro poteri con l'arrivo dei dentini premolari, e mai dopo che tutt'e otto sono cresciuti. E così, quando cominciarono a intravedersi i puntini bianchi del settimo premolare di Pervinca e Vaniglia mise il sesto, la domanda di Tomelilla all'Ora del Racconto divenne sempre la stessa: "Allora, Felì, hanno fatto qualche magia?"

Era preoccupata, povera zia, e non senza motivo. L'articolo Abc sez. D n. 23,5+6-1 del Magico Regolamento delle streghe e dei maghi recita testualmente:

È stabilito che i poteri magici dei maghi e delle streghe si trasmettano solo ed esclusivamente da zii a nipotini. La pena per i trasgressori è il confinamento a vita a Bosco-che-Canta, sotto forma di alberi o arbusti con radici ben radicate nel terreno.

Ma esistono delle eccezioni, e una in particolare preoccupava Lalla Tomelilla (postilla b - articolo Abc sez. D n. 23,5+6-1 del Magico Regolamento):

...i bambini gemelli non possono ereditare i poteri magici.

Indovinato? Vaniglia e Pervinca erano gemelle! Nel senso che erano venute al mondo lo stesso giorno, ma a distanza di 12 ore esatte una dall'altra! Fu un fatto molto strano...

Due sorelle quasi gemelle

Il medico del villaggio aveva previsto che le bambine sarebbero nate il 30 ottobre. Così, puntuale, quel giorno si presentò a casa nostra con la sua valigetta.

- Allora, vecchio mio, sei pronto? - disse entrando al signor Cicero, assestandogli una sonora pacca sulle spalle.

- Oh, no, non sono io… Dalia…

- Sì, Cicero, lo so che è Dalia a partorire. Dicevo se sei pronto a diventare padre… Credo che tu sia un po' agitato, eh? Ma è comprensibile. Allora, dov'è la futura mamma?

Cicero accompagnò il dottor Penstemon Chestnut nella camera di Dalia, dove lo aspettava anche Tomelilla; e chiuse la porta. Lui e io restammo fuori ad aspettare e ci sembrò che il tempo non passasse mai.

Avevamo percorso il corridoio avanti e indietro millemoltissime volte, quando a un tratto Tomelilla mise la testa fuori dalla camera e disse:

- Ci siamo!

Cicero si arrestò di colpo, si accese la pipa (che era già accesa!) e con le mani in tasca cominciò a battere un piede per terra guardando fisso davanti a sé. L'orologio del camino batté il primo rintocco di mezzanotte e… a mezzanotte e un secondo precisa del 31 ottobre…

- È una femmina! - gridò il medico. - E sta benone!

- Fiuuuù! - Cicero tirò il primo sospiro di sollievo della giornata e finalmente si lasciò cadere su una poltrona.

- Vado a vederla - dissi.

Non stavo più nelle ali per l'emozione. Dalia teneva la bambina fra le braccia e sorrideva:

- Complimenti, signor Cicero! È bellissima! - esclmai. - Ha i capelli color cannella e la pelle chiara e vellutata come il latte. Gli occhi però non si vedono perché li tiene chiusi e, sentite? strilla come un'aquila…

Quando Tomelilla sollevò la bambina per la-

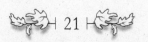

varla, notai un particolare così grazioso che volai a raccontarlo al signor Cicero di persona:

- Ha una piccola voglia color pervinca sul pancino e…

- …e Dalia ti manda a dire che, se sei d'accordo, vorrebbe chiamare la bambina Pervinca! - disse Tomelilla. Era sulla porta della stanza e reggeva la bambina. Il signor Cicero rimase senza parole.

- Mentre ci pensi, occupati di lei - continuò Tomelilla un po' frettolosamente posandogli Pervinca fra le braccia. - La sua mamma deve far nascere un altro bambino… - spiegò, e scomparve di nuovo in sala parto.

Tornammo tutti alle nostre postazioni. Cicero, come me, riprese a camminare avanti e indietro con Pervinca che finalmente, in braccio al suo papà, si era addormentata.

La sua sorellina però tardava a presentarsi.

Cominciammo a preoccuparci, ma il medico, un vecchio mago esperto e paziente, ci disse di stare tranquilli, poiché la bimba aspettava di vedere la luce. E intendeva nel vero senso della parola, cioè aspettava di nascere quando il sole fosse stato alto nel cielo!

E infatti così fu: a mezzogiorno preciso di quello stesso giorno, Vaniglia venne al mondo. Esausti, ma strafelici, brindammo al lieto evento con uno squisito liquorino di zucca, preparato da Tomelilla per l'occasione.

Poi, con calma, andai ad ammirare l'ultima nata.

La piccola somigliava molto a Pervinca: aveva lo stesso nasino all'insù, la stessa bella forma di viso, e come lei pesava 3 chili e dieci grammi esatti. Ma a differenza di Pervinca, Vaniglia aveva i capelli color del pane e teneva gli occhi spalancati sul mondo. Non c'erano macchie sul suo pancino, guardai bene, e invece di piangere e strillare, là ritardataria sorrideva a tutti.

Venne chiamata Vaniglia, perché… È una storia buffa che vi racconterò, ma non adesso. Sappiate solo che appena Pervinca vide la sua nuova sorellina, diventò tutta rossa e gridò: - BABÙ!

Non credo intendesse farle un complimento, ma da quel momento Vaniglia fu soprannominata Babù.

Quel che adesso è importante ricordare è che la legge dei Magici non ammette che le sorelle gemelle siano streghe!

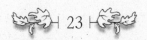

Eppure, Lalla Tomelilla nutriva ancora una speranza: forse dodici ore di differenza bastavano a rappresentare una ecc-eccezione, cioè l'eccezione dell'eccezione alla regola: "Se due gemelle non sono gemelle perfette, allora possono ereditare la stregosità."

Forse. Perché delle ecc-eccezioni non bisogna mai fidarsi.

Volare è una magia!

*N*on ricordo bene cosa inventassi in quei giorni per rassicurare Lalla Tomelilla. Il tempo passava, le bambine crescevano e diventavano ogni giorno più belle, ma di magia in loro non vi era l'ombra. Quasi tutti i denti premolari erano spuntati, eppure Vaniglia e Pervinca continuavano a comportarsi come bambine Nonmagiche: si alzavano in ritardo per la scuola, soprattutto Pervinca, facevano capricci per vestirsi e davano sempre un bacio a tutti prima di uscire. A scuola litigavano puntualmente con Scarlet Pimpernel (parola di fata, era impossibile non farlo!), studiavano col naso sprofondato nei libri e la schiena storta come un ramo, prendevano cotte per i ragazzi carini e ridevano davanti alla scuola con le amiche, soprattutto Vaniglia, la più allegra e gentile delle due. E, devo ammetterlo, la mia preferita.

Volevo molto bene anche a Pervinca, si capisce, ma il suo carattere un po' ribelle e il lampo d'inquietudine che a volte le balenava nello sguardo mi tenevano un po' a distanza.

A parte questo, erano due bambine adorabili. E sospirosospiroso!, assolutamente normali.

Almeno così avevo creduto fino alla tremilaottocentottantesima sera.

Oh, la ricordo bene, perché fu allora che tutto cambiò.

Era una tiepida notte di giugno. Dai prati arrivava il profumo intenso dell'erba tagliata e il lieve canto dei grilli. Mamma Dalia aveva tolto le coperte dai letti delle ragazze, il camino era stato ben pulito e Lalla Tomelilla aveva ripreso a indossare il suo grembiule di lino blu.

Mi apprestavo a raggiungerla nella serra, e mentre volavo di stanza in stanza ripassavo il mio racconto: desideravo renderlo emozionante e per la prima volta pensai di aggiungere qualche piccolo "decoro" che potesse consolare la mia strega: "Vediamo… Oggi Pervinca si è svegliata tardi (come al solito) ma… uhm, si è svegliata… cantando! Ecco sì, cantando una melodia che… doveva essere proprio magica, perché ha attirato l'attenzione degli uccellini e anche delle farfalle e… E Babù? Lei invece ha fatto certamente una qualche magia a… ai capelli! Proprio così: quando si è alzata sembravano verdi, cioè blu, no… d'oro. Sì, splendevano di una luce dorata. E a scuola poi…"

Stavo giusto pensando a come dare un po' di colore alle ore di lezione, quando Tomelilla mi sorprese venendomi incontro sulla porta della serra:

- Allora, Felì? Oggi hanno fatto qualche magia? - chiese a bruciapelo. Non ero pronta.

- No - dissi dimenticando tutte le mie buone intenzioni. - Purtroppo no. Non è successo niente di insolito. Alle sette, come sempre, è suonata la sveglia, Vaniglia non l'ha sentita, Pervinca le ha tirato il cuscino e mamma Dalia ha urlato "ALZATEVIIII!", Vaniglia è uscita dal letto, è volata fino alle ciabatte e…

CRASH!

Il mio racconto fu interrotto da un rumore as-

sordante. - Urkablù! Che spavento! Co... cos'è successo? - esclamai verde di paura.

Il più bel vaso di *Lonicera caprifolium* era caduto dalle mani di Tomelilla e si era sparpagliato in mille pezzi su tutto il pavimento. E invece di disperarsi, Tomelilla mi guardava con gli occhi a punto esclamativo e la bocca spalancata.

Provò a dire qualcosa... la sua mascella però non voleva saperne di richiudersi e dalla sua bocca uscivano parole incomprensibili.

Non l'avevo mai vista così! Cominciai a preoccuparmi, quando all'improvviso lei prese a saltare e ballare fra i vasi, cantando:

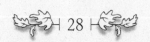

Babù ha volato, Babù ha volato:
i poteri ha ereditato!
Vola, vola, vola, piccola bimbetta,
il mondo ha ereditato
la mia giovane streghetta!

Era una gioia guardarla. Finalmente avevo detto la frase che aspettava da anni. Averlo saputo!

Voglio dire: se avessi capito prima

che era questo che stava aspettando, glielo avrei detto subito: perché Vaniglia volava già da un po'!

Sudata e col fiatone, Tomelilla fermò la sua giravolta davanti a me e con gli occhi a fessura mi chiese: - E Vì?

Eh, sì. L'arte di potare i nomi di Lalla Tomelilla aveva colpito anche Pervinca.

- Pervinca no - risposi, un po' intimorita.

- Vì non ha volato? Vuoi dire che ho trasmesso i miei poteri a una sola delle bambine? È strano… - disse osservandomi con un occhio a punto esclamativo e l'altro a punto interrogativo, tanto che non sapevo più quale guardare.

- Sono davvero felice per Babù - disse - ma ora Vì mi preoccupa ancora di più. Il suo ultimo dente è quasi fuori del tutto, questione di ore, forse già domani…

- Lo so - la confortai - lo so.

- Ma intanto Babù è una strega… - continuò lei con un sospiro.

- A quanto pare…

- E ha volato…

- Oh sì.

- Per la prima volta…

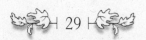

- Oh no.

- NON È LA PRIMA VOLTA? - esclamò girandosi di scatto verso di me.

- B… Be', no. Non proprio, ecco…

- E QUANDO HA VOLATO PER LA PRIMA VOLTA?

- Qua… qualche annuccio fa? Vediamo…

- QUALCHE ANNO FA??

Sentii le mie antenne svenire.

- BABÙ VOLA GIÀ DA ANNI E TU NON MI HAI MAI DETTO NIENTE??? - Veniva verso di me con gli occhi a forma di drago e la faccia viola. Quando una Strega della luce si arrabbia è capace d'incenerirti, salvo poi chiederti scusa (perché le Streghe della luce sono gentili). Ma *dopo*. E così indietreggiavo, inciampando con le ali nelle foglie e nei rami. Finché mi trovai contro il vetro freddo della serra. Ero in trappola. Mi coprii con le braccia e strinsi gli occhi in attesa dello Zot.

Passò un attimo. Poi un altro, e un altro ancora… Poiché non succedeva nulla, mi decisi ad aprire un occhio: Lalla Tomelilla era davanti a me e mi fissava. Le braccia conserte, la faccia seria… ma almeno era tornata del suo colore normale.

- Piantala di fare tutte queste scene, sai che non ti faccio niente - disse e abbassò una mano per farmi salire. Pensai: «Forse preferisce mangiarmi!»

Invece mi depositò in un vaso, su un pratino morbido di fiori blu.

- In fondo non è tutta colpa tua - disse mentre si accomodava sul dondolo tirando uno dei suoi luuuunghi sospiri: - Ci sono cose che ancora non ti ho spiegato. Ma ora, per favore, raccontami bene quello che è successo oggi, e soprattutto dimmi tutto del primo giorno in cui Babù ha volato…

Stavo per aprire bocca, quando: - Un momento! - Tomelilla mi interruppe di nuovo.

«Che cosa ho fatto adesso?» pensai preoccupata.

- Sefelicetusaraidirmelovorrai - continuò - prima che tu vada avanti, per favore, vai nello studio, prendi il vocabolario e leggi millecinquecento volte il significato delle parole "niente" e "insolito". Vorrei essere sicura che in futuro non ti sfuggiranno banali episodi come draghi che svolazzano per casa o minestroni che si trasformano in coriandoli. E tanto per essere più chiari, Felì, in questo mondo una bambina che vola non è esattamente "niente di insolito". Se una bambina vola, o ha ingoiato un palloncino, oppure è una strega! - concluse.

È la legge delle fate: se qualcuno ti chiama col tuo nome per intero, e senza sbagliarlo, devi per forza ubbidire. Per questo li scegliamo lunghi e arzigogolati. Ma io sapevo cosa significavano niente e insolito, e quel giorno non era successo niente d'insolito. Vaniglia volava già da un po'. Solo, credevo fosse naturale, volare!

Be', poteva andar peggio. Tomelilla avrebbe potuto infuriarsi davvero e allora addio Strega della luce e benvenuta Strega del buio. Zot! Zot! Zot!

Tornai dallo studio recitando a voce alta il significato della parola "insolito". Tomelilla stava sistemando i vasi e sorrise. Con una mano si picchiettò la spalla: andai a sedermi lì, sul suo scialle morbido. E con calma ripresi il mio racconto…

Il volo di Babù

I l primo volo di Babù? Lo ricordo bene, servì a saltare i gradini di casa.

Vaniglia stava tornando da scuola e camminava lenta, calciando i sassolini sulla strada. Assorta nei suoi pensieri, come spesso le capitava, arrivò davanti agli scalini di casa, afferrò saldamente le cinghie della cartella e, come un soffione nel vento, si sollevò in aria; fece un breve voletto verso la porta e atterrò lieve sullo zerbino, in punta di piedi come una ballerina.

Non disse una parola, non si stupì nemmeno un po'. Aprì la porta ed entrò. Nessuno la vide. A parte me, ma io considerai del tutto naturale fare gli scalini in quel modo... anche a otto anni!

- Aveva otto anni... - commentò Tomelilla con un filo di voce.

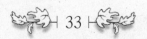

- Sì, e da allora ha volato tutti i giorni.

- TUTTI I GIORNI?

- Proprio così… piccoli voli. Per rimettere a posto un libro nel ripiano più alto della libreria, per regolare le lancette della pendola, per riportare un uccellino nel suo nido. E qualche volta, quando è scalza, vola dritta verso le pantofole per non prendere freddo ai piedi.

- Come stamattina? - chiese Tomelilla.

- Appunto!

- Possibile che Vì non abbia mai detto niente a nessuno di noi?

Senza saperlo, diedi la peggior spiegazione possibile.

- Pervinca non ha mia visto Vaniglia volare!

- MAI??

- Ora che ci penso, è strambetto davvero, ma ogni volta che Babù vola, Pervinca sta guardando da un'altra parte… - aggiunsi, ahimè.

- Oh no! - sussultò Tomelilla. - Questo è un bruttissimo segno! Da quel che mi racconti, sembra che la magia stia escludendo Pervinca. Ma com'è possibile, è nata per prima e perciò per prima avrebbe dovuto… a meno che… No, no, no, no! Sarebbe un

disastro, una vera catastrofe.

- Cosa, *che cosa* sarebbe una catastrofe?- chiesi
preoccupata.

- Fatina mia, se Babù è una streghetta e Vì non
lo è, le due sorelle DEVONO ESSERE DIVISE. Le
giovani streghe ricevono un'educazione speciale,
diversa da quella delle bambine senza poteri. I Nonmagici non possono conoscere i riti, gli incantesimi, le arti segrete delle streghe: crescere una streghetta e una nonmagica nella stessa casa è vietato.
- Tomelilla aveva abbassato improvvisamente la voce come se qualcuno fosse stato in ascolto.

- Come sai, tocca alle zie educare le nipotine:
riesci a immaginare cosa accadrebbe se io e Babù
dovessimo ALLONTANARCI?

Barcollai. Vì e Babù divise, peggiocasofunesto!
No, non riuscivo proprio a immaginarmelo. Cercai
di rassicurare Tomelilla, e me stessa.

- Il Tempo è un mago potente - dissi con più con-
vinzione possibile - lui solo sa cosa accadrà. La-
sciamolo lavorare, aspettiamo ancora un po'…

Quella notte non riuscii a chiudere occhio. Se
avessi raccontato subito a Tomelilla che Babù vola-

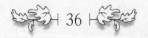

va, forse lei avrebbe potuto aiutare Pervinca finché ce ne fosse stato il tempo. Invece, per colpa mia, l'ultima speranza di vedere compiere una magia alla prima nata stava per scomparire per sempre. Mi girai e rigirai nel mio lettino pensando alla giornata appena trascorsa in cerca di un segno, di un indizio che forse avevo trascurato. Ripercorsi col pensiero tutto dal principio, da quando era suonata la sveglia…

Quel mattino!

DRIIIN!!

La sveglia di Vaniglia ruppe il silenzio alle sette, puntuale come al solito. E, come al solito, fece venire uno strizzotimore a tutti. Tranne che a Babù, naturalmente. Lei continuò a dormire come un ghiro. Nessuno di noi capiva come facesse a non sentire quel frastuono. Pervinca dormiva a ridosso di una massiccia libreria gonfia di libri, il letto di Babù invece era stato ricavato in una nicchia fra le pareti di legno della loro cameretta. Il soffitto a volta del suo angolino creava una cassa armonica perfetta: pareva suonasse un'orchestra invece di una sveglia.

Tappandomi le orecchie, feci per uscire dalla mia casetta, ma Pervinca, giocandomi uno dei suoi soliti scherzi, aveva avvitato chissà quando il tappo sul barattolo.

- BABÙ, SVEGLIATI!! - urlò Pervinca dal suo letto. - MAMMA! BABÙ NON SPEGNE LA SVE-GLIA!

- BAMBINE, ALZATEVI! - chiamò mamma Dalia dalla cucina.

- APRITEMI! APRITEMI! - gridai io dal barattolo.

- Cara, dove sono i miei calzini blu E PERCHÉ NESSUNO SPEGNE QUEL FRACASSO?? - strillò il signor Cicero dalla camera da letto.

Ma nessuno riusciva a svegliare Babù.

Intorno al decimo squillo, Pervinca perse la pazienza. La vidi prendere la mira e tirare una solenne cuscinata a sua sorella, la quale, ancora col cuscino sugli occhi, allungò finalmente una mano verso il comodino e mise a tacere quel gran frastuono.

- Lavati le orecchie, Babù! - grugnì Pervinca.

- Prrt! - fece lei per tutta risposta.

Poiché a Vì piaceva crogiolarsi nel letto fino all'ultimissimo minuto, toccava sempre alla sorella lavarsi per prima. Così Babù fece un voletto fino al-

le pantofole e s'infilò in bagno.

- Poffo meffermi il fuo feftito con le fiole? - chiese con la bocca piena di dentifricio.

- NO! - tuonò Vì girandosi dall'altra parte.

- Pefché?

- Perché il vestito con le viole lo metto io.

- Fe lo meffi folo pefché fe l'ho fiefto!

- Pensa quello che vuoi!

- E fe me lo foffi già meffo?

Pervinca sbucò dalle lenzuola, pronta a suonarle a sua sorella, ma vedendola ancora in pigiama si limitò ad avvisarla:

- Non provarci, Babù. E lasciami dormire!

- Vaniglia! Pervinca! Per favore, APRITEMI!!! - gridai ancora battendo i pugni sul vetro del barattolo, ma niente: Pervinca continuava a ronfare e Vaniglia scomparve nell'armadio a caccia della cosa giusta da mettere. Rassegnata, mi sedetti sul mio letto e attesi con pazienza.

- SE NON VI ALZATE SUBITO VIENE SU PAPÀ! - gridò mamma Dalia dalle scale.

«Oh, sì, speriamo! Così mi aprirà lui!» pensai. Ma subito dopo (noi fate abbiamo un udito finissimo!) sentii il signor Cicero che protestava sottovoce:

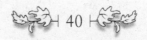

- Smettila di usarmi come Uomonero, Dalia, e impara a importi un po' sulle bambine.

Ero sicura che avrei passato la giornata chiusa lì dentro. E invece: - Dov'è Felì? - chiese a un tratto Babù guardandosi intorno. Oh, finalmente qualcuno si ricordava di me!

Pervinca si sollevò dal letto come una molla.

- Mamma mia! L'ho chiusa ieri sera nel suo barattolo e poi me ne sono dimenticata! ARRIVO! ARRIVO, FELÌ! …

Sentii il tappo girare e l'aria fresca sopra di me. Ma non mi mossi, non alzai nemmeno lo sguardo.

- Sei molto arrabbiata? - chiese Pervinca con la vocina mesta. Non risposi. Può sembrare un controsenso, ma a volte il silenzio comunica meglio di tante parole. E infatti, Pervinca si preoccupò ancora di più. - Ti prego, parlami, Felì! Non volevo tenerti chiusa per così tanto tempo, mi sono addormentata. Esci, prendi un po' d'aria…

Pervinca infilò la sua manina nel barattolo e mi sollevò delicatamente. - Stai bene, vero? Non hai sofferto?

- È viva? - chiese Babù avvicinandosi.

- Certo che è viva, sciocca. È una fata!

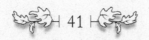

- Una fata molto offesa. Secondo me non vuole più parlarti e ha ragione!

Pervinca assunse un tono supplichevole: - Ho sbagliato, lo so. Prometto di non farlo più e… guarda! Presto anche il mio abito con le viole a questa rompiscatole. Visto? Adesso mi vesto in fretta e usciamo puntuali. Va bene, Felì? Mi parli per favore?

- PESTEPESTEPESTEPESTE! Ecco cosa sei! - esclamai prendendo improvvisamente vita. - Se lo farai un'altra volta ti darò un tritapizzico sul naso mentre dormi, Vì, e guarda che dico sul serio!

Alle sette e mezzo le bambine scesero in cucina. Pervinca indossava una casacchina di cotone color notte che le aveva fatto Dalia ai ferri, e i calzoni con i volant che le avevo ricamato io. Vaniglia, invece, aveva un abitino morbido di ciniglia color del cielo e, ai piedi, le scarpette in panno leggero.

Il vestito con le viole era rimasto appeso nell'armadio.

Mentre tuffavamo la torta di rose nel caffellatte, mamma Dalia ci fece le solite raccomandazioni. Più una:

- Prendete gli inviti per la festa di compleanno di

zia Tomelilla e distribuiteli con discrezione, non vogliamo che venga tutto il villaggio, giusto?! - disse. - E non dimenticate di dire ai vostri amici che domani sono invitati anche i genitori e gli zii, naturalmente!

A Tomelilla l'idea d'invitare tutta quella gente alla sua festa non era piaciuta affatto: "Troppa gente, troppe chiacchiere! La solita gente, le solite chiacchiere!" aveva brontolato. Eppure le feste, di solito le piacevano. Non amava i pettegolezzi, è vero, e ancor meno i pettegoli.

Ma quella mattina c'era qualcosa di più, qualcosa che la preoccupava... Disse che la sua amica Primula Pull da alcuni giorni aveva un singhiozzo tremendo. La poverina era assalita da singulti tanto forti che potevi sentirli a venti metri di distanza! Una grande seccatura, d'accordo, ma cosa c'entrava con la festa? La spiegazione di Tomelilla fu strana e misteriosa...

- C'entra sì! - disse, quasi seccata. - Immagina quelle due pettegole di Petula Penn ed Edera Dhella cosa non gliene diranno dietro! Sciocche vanitose. Pensi che ricordino cos'è successo l'ultima volta che Primula ha avuto il singhiozzo?... Macché.

Non ricordano niente e di sicuro non sanno contare! Come del resto nessuno in questo villaggio conta mai gli anni che passano... DOMANI saranno 121 esatti, hai visto qualcuno preoccuparsi per questo? Nessuno. Sono tutti pronti a festeggiare come se non fosse mai accaduto... Bah, non dico niente, terrò solo le dita incrociate...

Perché Tomellilla parlava così? Erano centoventun'anni da COSA? E soprattutto, cos'era successo quella volta che la signora Pull aveva avuto il singhiozzo? Non lo disse.

Prendemmo gli inviti, e alle otto in punto uscimmo per andare a scuola.

Capitan Talbooth
e le delicatezze

*I*l tempo si era messo al brutto e le nuvole minacciavano pioggia.

Le bambine infilarono gli inviti nelle tasche delle mantelle e ci avviammo su per la salita.

- Passiamo a prendere Flox e Fidiven? - chiese Babù.

- Certo! - risposi.

- Se arriveremo mai in tempo… - intervenne Pervinca. - Io faccio un passo avanti e due indietro. Quando c'è questa nebbiolina, le pietre della strada diventano scivolose come il sapone… UAAAH! Cadoooo…

Non aveva tutti i torti, povera bambina. Le vecchie pietre bianche che lastricavano le strade erano tanto consumate e lisce che quando pioveva potevi arrivare al porto senza camminare. Babù avrebbe potuto volare, come me, ma Pervinca… non ero sicura che sapesse farlo. Così dissi: - Camminate vicino al muretto, lì si scivola meno.

La strada saliva a una piccola piazza, al centro della quale un melo offriva ombra a una fontanella. I giardini più antichi di Fairy Oak davano proprio su quella piazza ed erano verdi e rigogliosi. Uno di questi, dall'aria tropicale, apparteneva alla casa di Flox Pollimon, la migliore amica delle bambine, e di Fidiven, la sua fata baby-sitter (e la MIA migliore amica!). Di solito, ci aspettavano dietro il cancello e poi facevamo insieme la strada verso la vecchia Scuola Horace McCrips.

Quel giorno, però, la zia di Flox ci disse che erano uscite presto per paura di prendere la pioggia.

- Ve l'avevo detto! - disse Pervinca.

Salimmo gli otto scalini di pietra che dalla piazzetta, passando sotto un arco umido, portavano alla strada principale e girammo a sinistra, verso la Piazza della Grande Quercia.

Avevamo percorso alcuni metri, quando udimmo un gran vociare proveniente dalla Piazza.

- BUCANIERI FANNULLONI, ECCO COSA SIETE! SEMPRE IN GIRO A FARE DANNI E A DISTURBARE CHI LAVORA! LEVATE LE

ANCORE! VIA! SCIO'! - Il vecchio Capitan Talbooth doveva essere incappato in un gruppo di ragazzini dispettosi, c'era da scommetterci!

I giovani della Valle si divertivano spesso a prendere in giro quel vecchio marinaio visionario: raccontava d'essere stato il capitano di una nave reale e d'aver cacciato pirati per tutti i mari del mondo, ma nessuno gli credeva. I bimbi più piccoli, ne avevano paura perché era grande come una montagna, con una folta barba, bianca di sale, un'enorme bocca sdentata e la voce da corvo. Al villaggio tutti gli volevano bene, anche i ragazzi, e lui lo sapeva.

Aveva la pancia così tonda che pareva avesse ingoiato un'anguria intera. Anche per questo i ragazzi lo canzonavano. A quell'ora, per le strade di Fairy Oak ce n'erano molti e Capitan Talbooth aveva un bel daffare per evitarli.

- E voi due dove state scarocciando? - chiese brusco, rivolto alle ragazze (probabilmente intendeva dire "dove state andando" perché solo le barche scarocciano, quando il vento le fa scivolare dalla loro rotta).

- A scuola! - gli rispose Pervinca con aria di sfida.

- A scuola? AH!AH!AH! - Talbooth scoppiò in

una fragorosa risata e le bambine si trovarono a contargli i denti in bocca: uno! Un solo dente, lungo e stretto. - Questa poi è bella! - continuò il Capitano. - Adesso s'istruiscono anche le femmine. Ai miei tempi le donne stavano a casa a lavorare al telaio e a cucinare il merluzzo. La loro testa è troppo piccola, a imbottirla di cose grosse come la matematica, la storia e la geografia, si rischia che soffochi il cervello! Invece, è bene che circoli il vento lì dentro - disse indicando la testa delle bambine - e ci arrivi un po' di ossigeno! - Capitan Talbooth scoppiò in un'altra secca risata che presto si trasformò in una tosse senza fine. E tossendo si allontanò.

Per fortuna eravamo uscite presto e c'era ancora tempo per fermarsi alla Bottega delle Delicatezze dei signori Burdock per comprare la merenda. Babù ci si precipitò letteralmente dentro.

DLIN DLONG!

- Buon giorno, signor Burdock! Cosa c'è di buono oggi?

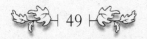

- Buon giorno a voi - rispose il signor Burdock alzando gli occhi dal libro dei conti. - Marta sta sfornando gli spumoni alla fragola che vi piacciono tanto, se avete un minuto…

- Sono pronti! - disse in quel momento la signora Burdock entrando dal retrobottega con un grande vassoio profumato. Babù si leccò i baffi. Pervinca invece continuò a passare in rassegna i dolci nella vetrina, indecisa su cosa scegliere. - Io credo che proverò questo! - disse infine, indicando una frittella al cioccolato ancora fumante.

-Buongustaia! - commentò il signor Burdock infilando il dolce nel sacchetto, e aggiunse: - Anche Grisam ne va ghiotto.

Babù spalancò gli occhi: - Oh, allora lo voglio anch'io! - esclamò restituendo lo spumone alla fragola alla signora Burdock. Pervinca le diede uno sguardo buffo.

- A proposito, dov'è Grisam? - chiesi io distrattamente. - Abbiamo un invito per lui.

- Quel vagabondo d'un ragazzo! Giurerei che è in Piazza a giocare a pallone, invece di correre a scuola… - rispose il signor Burdock, battendo il nostro conto sulla cassa.

Ma la signora Burdock lo rimbrottò:

- Tu non hai voluto che avesse un fatina baby-sitter che badasse a lui, adesso di cosa ti lamenti?

- È un maschio, Marta! Non ha bisogno di una fatina baby-sitter! - disse lui burbero. - Senza offesa, Felì... - aggiunse rivolto a me. Gli sorrisi.

- Se avesse una fatina, come tutti - continuò la mamma di Grisam - sapremmo dov'è e cosa fa e io starei più tranquilla.

- Io non ho avuto una fatina e nemmeno mio fratello Duff. Eravamo due begli scavezzacolli, ma ce la siamo sempre cavata benissimo, Marta! ... Senza offesa, Feli!

Sorrisi di nuovo. - Ora dobbiamo andare - dissi. - Non vi preoccupate per Grisam, è un bravissimo ragazzo, con la testa sulle spalle, non mi pare affatto uno scavezzacollo... Senza offesa, signor Burdock! - Feci l'occhiolino alla mamma di Grisam e uscimmo.

La bambina col topolino

*L*a Piazza brulicava di ragazzi e di fatine: chi comprava quaderni, chi si attardava giocando a muropalla, chi chiacchierava, chi cercava di scappare via per non andare a scuola. Stavamo per riprendere la nostra strada, quando a un tratto Babù, senza dire una parola, si allontanò da noi. Pensai che avesse visto qualcuno che conosceva, Grisam magari. Invece, come ipnotizzata, passò sotto Quercia Fatata senza nemmeno salutarla, superò spedita tutti i gruppi di ragazzini e alla fine si fermò davanti al negozio di ricami, dove una bambina stava giocando da sola.

Avevo già visto il suo faccino, ma non avevo idea di chi fosse.

- La conosci? - chiesi a Quercia. Di solito lei conosceva tutti.

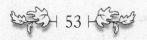

E infatti: - SIÌ… - rispose Quercia col suo vocione lento e cavernoso, tipico dei roveri. - EEÈ DI SICUUROOO LA FIIIGLIA DEEEL'INTAGLIAAATOOORE. SIÌ CHIAAAMA SHIIIRLEY POOOPPY…BRAAAVA RAGAAAZZA, SIÌ…

Shirley Poppy, avevo sentito parlare di lei. Non era amica delle gemelle, anzi, per la verità Babù non la conosceva affatto. Però l'aveva notata spesso al villaggio e qualche volta si erano sorrise. Era una bella bambina, con una nuvola di capelli rossi intorno al viso tondo, completamente coperto di lentiggini. I suoi occhi erano grandi, lucidi e neri come caramelle di liquirizia. E sorrideva a tutti, anche a chi non conosceva. Con lei c'erano sempre un cane simpatico e un topolino, che le stava seduto su una spalla e non smetteva mai di guardarsi la lingua.

Riuscii a sentire quello che si dissero le bambine senza avvicinarmi troppo. E all'inizio non si dissero proprio niente.

Shirley stava giocando al "Castello di gesso" e Babù si fermò a guardarla, accanto al disegno tracciato per terra. Trascorsero alcuni istanti, poi la bambina mise alcuni sassolini nella mano di Babù

e con un gesto gentile la invitò a giocare. Babù saltò nella prima casella, poi nella seconda, nella terza, nella quarta… Finalmente, saltando a piedi
pari nell'ultima casella, esclamò:

- Fatto! Vaniglia è sul trono del re!

- Hai visto, Mr Berry? Adesso tocca a te! - disse
allora Shirley, rivolgendosi al topolino.

Mr Berry si guardò la lingua.

- È goloso di zuccherini al mirtillo - spiegò Shirley. - Ne mangia scatole intere e non si dà pace
d'aver sempre la lingua blu. Sto aspettando mia
zia Malva che è nel negozio. Mi chiamo Shirley. E
questo è Barolo… - disse indicando il cane.

A Babù quel trio piacque un vastosacco!

- Ciao, Shirley, Mr Berry, Barolo… - disse con un
buffo inchino.

Mr Berry continuò a guardarsi la lingua. Barolo
invece ricambiò il saluto con una scodinzolata e
un saltino.

Fu un incontro straordinario. Shirley e Babù
sembravano conoscersi da sempre. Anzi, sembrava che fossero amiche ancora prima di presentarsi. Eppure, parola di fata, non si erano dette nemmeno *ciao* prima di quel giorno.

Mentre aspettava il suo turno per giocare, Babù rivolse a Shirley tutta la sua curiosità:

- Da dove vieni, non vivi al villaggio, vero?!

- No, abito a Frontebosco, nell'altra valle… vicino al faro di Aberdur - spiegò lei raccogliendo i gessetti.

- Che fortuna! È uno dei miei posti preferiti. Ci vengo a prendere gli spruzzi quando c'è la mareggiata. Però non ti ho mai visto là… - continuò Babù, tutta animata. - E a scuola dove vai?

- Io non vado a scuola. Prendo lezioni dal professor Rannock Moor. Lo conosci? - chiese Shirley.

Babù ci pensò su un momento. - Uhm… no, mai sentito!

Chiacchierarono e scoprirono di avere molte passioni in comune: gli animali, i fiori blu, il vento, le matite colorate, i castelli diroccati… Ma non le mareggiate. A Shirley non piacevano, anzi, ne aveva un vero terrore.

- Ho paura che il mare mi porti via - disse a bassa voce.

Per questo Babù non l'aveva mai incontrata alla scogliera.

- Un giorno ti porterò a vedere i gabbiani che gio-

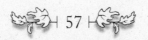

cano con le correnti e vedrai che ti piacerà tanto e non correrai alcun pericolo! - le promise Vaniglia. Poi si ricordò della festa: - Domani è il compleanno di nostra zia e lei ci permette sempre d'invitare qualche amico alla sua festa. Vuoi venire? Abitiamo in via degli Orchi Bassi, nella casa con le rose bianche.

- Davvero potrei? Ma è fantastico, no, non è fantastico, è più che fantastico, è... è... - Io avrei detto strepintusiasmante, Shirley invece disse: - ...strepitoso! Non è strepitoso, Mr Berry? - Abbracciò Babù e le stampò un bacio sulla guancia.

- Grazie - rispose Babù, un po' stupita.

Chissà perché Shirley era tanto contenta di partecipare alla loro festicciola privata? Al suo posto, Vaniglia avrebbe preferito andare alla spiaggia di Arran. Là ogni anno, il 21 di giugno, i maghi e le streghe della Valle si esibivano in incantesimi scintillanti e i grandi accendevano falò altissimi. Quello sì era divertente!

Pervinca interrogata

Arrivammo a scuola mezz'ora dopo il suono della campanella! Pervinca era furibonda. E la professoressa Margherita de Transvall, insegnante di matematica e scienze, lo era più di lei.

- Pervinca Periwinkle, vieni alla lavagna! - disse con la sua voce tagliente, prima ancora che ci sedessimo al banco.

Mi tremarono le antenne… non che Pervinca fosse impreparata (tutt'altro, le piaceva studiare) ma con gli anni avevo imparato che certi professori sembrano provare un piacere sottile nel mettere gli allievi in difficoltà. Chissà cosa avrebbe inventato la signora de Transvall per incastrare la mia bambina.

- Vorresti per favore raccontare ai tuoi compagni cosa succede domani? - chiese, aggiustandosi sul naso gli occhiali dorati.

Dal bordo del righello dove ero seduta, vidi Pervinca diventare bianca come il gesso. A casa avevano detto di mantenere il riserbo sulla festa, possibile che ora l'insegnante le chiedesse di parlarne davanti a tutta la classe?

- Pervinca, il Solstizio d'Estate… Era da studiare per oggi.

IL SOLSTIZIO!

Ma certo! Tirammo un sospiro di sollievo: il 21 giugno cade il Solstizio d'Estate.

- Il Solstizio. Sì sì, ho studiato… - rispose Vì sollevata, riprendendo il suo colorito naturale. - Dunque, un'antica magia astronomica fa sì che, il 21 giugno, il sole si trovi alla sua massima altezza nel cielo dell'emisfero Nord e alla minima in quello dell'emisfero Sud… - cominciò sicura.

- Preferirei che tu dicessi "fenomeno" astronomico, Pervinca, non magia - la interruppe l'insegnante.

- Va bene - rispose lei tranquilla. - Un'antica magia astronomica, che a scuola preferiamo chiamare "fenomeno", fa sì che il 21 giugno il sole del Nord e le stelle del Sud celebrino rispettivamente il

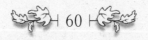

giorno e la notte più lunghi dell'anno. E fra danze, canti, incantesimi e fiaccolate, qui da noi si festeggia l'arrivo dell'estate.

La de Transvall le diede 8-, ma, parola di fata, meritava di più!

Quando suonò l'intervallo, ci ritirammo tutt'e tre nel bagno delle bambine per organizzare la distribuzione degli inviti.

- Non dobbiamo assolutamente farci vedere da Scarlet Pimpernel. Hai capito, Babù? - insisteva Pervinca.

- Me l'hai detto almeno dieci volte, Vì!! Nemmeno io voglio quella bisbetica alla festa!

Non invitate tutto il villaggio!

Scarlet Pimpernel era la figlia del Sindaco. "Naturale", avrebbe detto un abitante di Fairy Oak: la famiglia Pimpernel era una delle più antiche della regione e i maschi Pimpernel si erano succeduti sulla poltrona di sindaco di generazione in generazione. Farsi i fatti degli altri era dunque da sempre uno dei loro compiti principali. E pareva che Scarlet avesse ereditato tutta l'abilità di famiglia.

Aveva undici anni, e non era una strega. Il suo nome significa "Primula Rossa" e solo le creature magiche hanno nomi di fiori. Lei però di magico non aveva nulla. Il nome lo aveva ricevuto in eredità da Scarlet-Violet Pimpernel, una sua pro-pro-pro-prozia strega, che una notte, durante una terribile tempesta, era sparita nel nulla portando con sé gli ultimi poteri magici dei Pimpernel.

A detta di tutti, era un gran bene che Scarlet non fosse una strega: con il caratteraccio che aveva, sarebbe stata un pericolo per l'intera comunità! Solo Tomelilla la difendeva: "Con due genitori così, è già un miracolo che quella ragazzina non morda!" ripeteva spesso. "Sua madre non fa che urlare dal mattino alla sera, e con tutti quei bigodini in testa e la crema di fagiano sulla faccia, fa paura perfino a suo marito. E forse per questo il Sindaco ha sempre un umore da orco!"

Così, per non rischiare d'avere la famiglia "Orchi-facce-di fagiano" alla festa, Pervinca e Vaniglia decisero di consegnare gli inviti durante l'intervallo. Nella confusione generale, avrebbero dato meno nell'occhio e sarebbe stato più facile trovare tutti gli invitati.

Vaniglia consegnò i suoi biglietti in giardino, Pervinca si occupò invece della sala giochi e dei corridoi. Finirono in meno di un quarto d'ora e tutto andò secondo i piani. Stavano giusto per rientrare in classe, quando Babù si trovò faccia a faccia con lei, Scarlet Pimpernel!

- PERIWINKLE UNO, COS'È QUESTA STORIA DELLA FESTA? - gridò Scarlet rossa in viso.

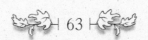

Lo aveva saputo! Ma da chi? E come? Visto che Babù rimaneva in silenzio, Scarlet tirò fuori l'invito di Flox Pollimon e glielo sventolò minacciosamente sotto il naso.

- Sei sorda per caso? Cos'è questo?! - insistette Scarlet, sempre più rossa.

Fossi stata un po' meno minuscola, avrei sistemato per le feste quella piccola orchessa che si permetteva di chiamare le mie bambine per numero. Aveva cominciato durante i primi anni di scuola: allora se indossavano un berretto o il cappuccio della mantella, era impossibile distinguere Vaniglia da Pervinca, e così la Pimpernel aveva preso a chiamare Periwinkle Uno quella che incontrava per prima e Periwinkle Due quella che incontrava subito dopo. Ma ormai da anni era semplice riconoscere le bambine anche solo guardandole in viso.

- A me sembra l'invito di Flox Pollimon - rispose Babù.

- Esatto! È l'invito di Flox. Lo ha dato a me perché lei non può venire. Io però voglio sapere dov'è il MIO INVITO. Perché non l'ho avuto? Eh, perché??

- Perché non sei stata invitata - arrivò secca la risposta.

Ma non da Babù. Davanti a qualcuno che urlava, Vaniglia preferiva rimanere in silenzio e aspettare che la "bufera" passasse. Pervinca invece aveva sentito tutto dalle finestre del corridoio ed era corsa ad affrontare la belva al posto di Babù. La piccola Vì sapeva incutere rispetto, sissignori!

- Ci deve essere un errore… - ribatté Scarlet, abbassando la voce.

- Oh no, nessun errore! - continuò Pervinca. - Vedi? Non ci sei - ripeté mostrandole la lista degli invitati.

- Allora spiegami perché il mio nome, e quello della mia illustre famiglia, non è su quella lista, Periwinkle Due! - tornò all'attacco Scarlet.

Sentendo chiamare così sua sorella, Babù prese coraggio.

- Posso spiegare? - disse alzando una mano come si fa a scuola quando si desidera attirare l'attenzione. - Cara Scarlet, non sei sulla lista perché sappiamo che parteciperai a un'altra festa. Molto, ma molto più importante della nostra. Non è forse tradizione dei Pimpernel riunirsi per celebrare tutti in-

Gli invitati

- Flox Pollimon
- Celastro Buttercup
- Emma Totter Grass
- Grisam Burdock
- Acanti Bugle
- Elsa Marsinlake
- Nepeta Rose
- Campanula Coclerì
- Hibiscus Castle
- Hellen Blackberry
- Cicerbita Blossom
- Sophie Littlewalton
- Gabriel Garlendel
- Billie Ballatel

sieme il Solstizio d'Estate con una grande cena di gala? Il banale compleanno di nostra zia non può certo competere con un evento così prestigioso.

Scarlet si gonfiò come una gallina impomatata:

- Punto primo, bellina, la cena è di super-gala. Punto secondo, non verrei alla vostra festicciola nemmeno se me lo chiedeste in ginocchio. Punto terzo, addio! - girò il naso e se ne andò.

Babù e Vì si fecero l'occhiolino. Erano riuscite a disfarsi di quell'impicciona!

Ma avevano sottovalutato Scarlet Pimpernel: quella strana bambina, infatti, in pochi minuti fece centinaia e centinaia di copie dell'invito di Flox Pollimon e le distribuì a tutta la scuola. Non per modo di dire: proprio a tutta, tutta la scuola!

E causò un grosso pasticcio!

Fuori, i bambini di Fairy Oak e i loro genitori ringraziarono le sorelle Periwinkle per l'invito alla festa. Vì e Babù, stupite, tentarono di farsi restituire alcuni biglietti con scuse improbabili.

- Mi dispiace, la festa non c'è più, mia mamma ha la peste gialla!

- La zia ha trasformato papà in un dinosauro e non ricorda l'antidoto, comunque tu vieni pure...

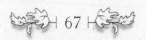

Perfino Quercia provò ad aiutarle.

- NOOON AVEEETE SEEENTITOOO COOOSA HAAANNO DEEETTO LEEE GEMEEELLE? AVAAANTI DAAA BRAAAVI, RESTITUIIITE GLIII INVIIITI… - tuonò col gran vocione, sfilando con i rami gli inviti dalle mani dei non-invitati.

Ma a Fairy Oak le voci si spargevano come l'acqua fra gli scogli. Era dunque facile prevedere che, tra biglietti e passaparola, l'intero villaggio si considerasse invitato!

Tomelilla andò su tutte le furie: - Cosa avevo detto io? Scriviamo inviti magici, leggibili solo da chi è invitato, ma pronti a sparire in mano agli intrusi… Ma no, Cicero e Dalia hanno voluto fare di testa loro… "Meglio fare inviti NORMALI" hanno detto. "È più educato…" Benissimo, Fantastico! Ora che aprano educatamente la porta a cento invitati…

La strega misurava a lunghi passi la serra, agitando in aria le cesoie e i guanti da giardiniere.

- Non allarmiamoci - disse a un tratto con voce più tranquilla. - Domani ci sarà anche la festa alla baia, Arran sarà illuminata a giorno dai fuochi e dagli incantesimi delle streghe; ci saranno le danze, i lumini sull'acqua, i draghi infuocati, i canti… è sempre stata una grande attrazione per tutti. Perciò stiamo calmi, non verranno, almeno non in cento… Felì, sai dirmi quanti inviti saranno andati in giro?

- Direi trecento, invito più invito meno - Tomelilla quasi svenne sul dondolo.

- Speriamo che non piova!

Prima la pioggia...

*I*nvece pioveva. E anche forte. Mentre aiutavo mamma Dalia a preparare la sala, vidi Tomelilla salire dalla Stanza degli Incantesimi con aria preoccupata.

- Ho provato a spazzare via le nubi e a far splendere il sole, ma sembra che questa pioggia sia indifferente ai miei poteri. Temo che non ci sarà nessuna Festa del Solstizio - disse, guardando fuori dalla finestra.

- Smetterà presto - rispose mamma Dalia mentre asciugava il pavimento: il vento spingeva la pioggia fra le tegole del tetto e la casa era disseminata di secchi e bacinelle.

- Sai che Primula ha il singhiozzo da una settimana? - sospirò Tomelilla preoccupata.

- Poverina... chissà che tormento - commentò

Dalia distrattamente.

- Già… un tormento - disse Tomelilla. E come per allontanare un pensiero cupo aggiunse: - A che ora arriveranno gli ospiti?

- Sull'invito abbiamo scritto di presentarsi alle tre.

- È fra un'ora… Pensi che verranno tutti?

- Mi auguro proprio di no. Cicero sta montando la tenda in giardino, ma se verrà tutto il villaggio non basterà lo stesso.

Il signor Cicero rientrò in quel momento.

- Ci rinuncio - disse scoraggiato. - Il vento è troppo forte e dicono che stia arrivando una tempesta - aggiunse togliendosi l'impermeabile zuppo.

Tomelilla guardò fuori: la pioggia batteva contro i vetri e all'orizzonte s'intravedevano i bagliori dei lampi.

- Il topo di Shirley Poppy ha di nuovo la lingua blu… - sospirò, tormentandosi le mani.

- Di nuovo?! Ha *sempre* la lingua blu, mangia mirtilli tutto il giorno! - rispose Dalia lievemente spazientita.

- E Malva è uscita per la seconda volta a comprare il filo da cucire, me lo ha detto Felì.

- Forse lo aveva finito. Ma che hai, Tomelilla? È

da stamattina che sospiri frasi a metà!

- L'aveva finito?!? Sai benissimo che la zia di Shirley viene a Fairy Oak una sola volta all'anno e solo per comprare filo da cucire. D'altronde non sembra fare altro, cuce da almeno dieci anni, il cielo solo sa cosa… No, non credo proprio che l'avesse finito… Piuttosto, temo che sia andata a fare scorta. Sa che presto uscire non sarà più sicuro…

In quell'istante, il boato di un tuono fece tremare la luce e un tonfo terribile arrivò dal giardino.

- IL FULMINE HA COLPITO IL VECCHIO OLMO! - gridò Pervinca dalla sua camera.

- Oh no! - Dalia corse alla finestra. Il fulmine aveva schiantato il grande albero facendolo precipitare a terra. Le fronde giacevano immobili sotto la pioggia. - Il mio gigante… che dispiacere… aveva due, tre…

- Tre secoli! - precisò Tomelilla accanto a lei. Rimasero a guardare fuori in silenzio per alcuni istanti. Poi, senza voltarsi e con voce calma, Tomelilla parlò di nuovo: - Dalia, devo dirti una cosa…

- Uhm, sembra seria. Che c'è?

- Babù vola…

- Lo so. Felì è venuta in camera nostra stamatti-

na all'alba per raccontarcelo - rispose Dalia, tornando al suo straccio. Sembrava che non le interessasse. - Non voglio agitarti ora - continuò Tomelilla - ma prima o poi dovremo affrontare questa questione. Se Pervinca non fosse…

Dalia non la lasciò finire. - Ti prego, Tomelilla, non dirlo nemmeno! Le mie bambine non verranno divise! Se Pervinca non è una strega, troveremo una soluzione. Adesso, per favore, smetti di dire cose strane o finirai col terrorizzarmi.

Si voltò, qualcosa gocciolava alle sue spalle.

- Babù, porta un altro secchio, piove anche davanti alla credenza! - gridò chiudendo quella strana conversazione.

- Ho perso una matita, mamma! - disse Babù entrando in sala con il suo vecchio secchiello da spiaggia. - Sarà fuori tutta bagnata e sola. Possiamo andare a cercarla? Credo di sapere dov'è… davanti a casa di Flox. Ti prego…

- Oh, tesoro. Andremo domani. Adesso dobbiamo aspettare gli invitati - rispose mamma Dalia.

- Tanto non verrà nessuno, con questa pioggia…

Babù non aveva finito di parlare che qualcuno bussò alla porta.

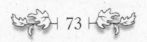

BUM, BUM, BUM.

- Chi può essere così presto? - si chiese Dalia preoccupata.

- Vista l'acqua che viene, un mostro marino. - commentò Babù avviandosi verso la porta. In cuor suo, sperava ardentemente che fosse qualcuno che aveva trovato la sua matita. E invece:

- Non mi pare giornata da spiaggia! - sentenziò Scarlet Pimpernel, notando il secchiello in mano a Babù. - Possiamo entrare?

Babù si spostò di lato senza riuscire a dire una parola, e l'intera famiglia Pimpernel entrò nell'ingresso.

- Chi è, tesoro? - chiese Tomelilla. - UH, SANTO CIELO, I PIMPERNEL! - si lasciò sfuggire, appena li vide.

- I Pimpernel??? - Dalia, Cicero e Pervinca si scambiarono uno sguardo allibito.

- Avrei preferito il mostro marino! - sussurrò Vì fra i denti.

Dopo quell'attimo di sorpresa, Tomelilla s'impose un'aria dignitosa e, da buona padrona di casa, fece accomodare gli ospiti in sala.

- È una tale sorpresa vedervi! Voglio dire… siete in anticipo, e con questo tempaccio… Guardatevi, tutti bagnati, poverini!

...poi i Pimpernel...

Dire che Scarlet e i suoi genitori erano bagnati è poco!

Il cappello della signora Pimpernel le si era appiccicato alla faccia e il vestito, completamente trasparente, lasciava intravedere il grosso busto che la stringeva in vita come una salsiccia. L'impermeabile aveva protetto un po' l'abito di Scarlet, ma le scarpe grondavano acqua e un fiocco azzurro le gocciolava sull'occhio destro. Quello messo peggio di tutti era il Sindaco. Sembrava un fico maturo: la camicia si era incollata alla giacca e tutt'e due erano scese verso i calzoni, i quali si erano talmente allargati e allungati, che con le mani se li teneva su e con i piedi ci camminava sopra. Era senza una scarpa. - Un'onda me l'ha portata via - mugolò.

Un'onda? Mamma Dalia lo guardò stupita.

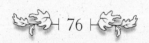

- Aiutatelo a sbucciarsi, cioè, volevo dire a spogliarsi! - si corresse in fretta. E le bambine scoppiarono a ridere.

- Andate a prendere delle scarpe per Scarlet. E un paio di calze, avanti! - le rimproverò Tomelilla.

Dalia portò qualcosa anche per il Sindaco e la sindachessa. - Siete stati molto gentili a venire. Ma affrontare questa tempesta…

- Soprattutto visto che nessuno li ha invitati! - brontolarono le bambine scegliendo le scarpe più brutte che avevano per prestarle a Scarlet.

Le portarono degli orribili calzettoni di lana viola e un vecchio paio di scarponi marroni. Se le avessero dato un pugno in un occhio le avrebbero fatto un dispetto minore. Scarlet disse che preferiva rimanere con le cose che aveva addosso… - Stessero anche andando a fuoco!

- Peggio per lei! - sussurrò Pervinca.

Tomelilla fece accomodare i Pimpernel sul divano. - Dovete perdonare il disordine, ma questa pioggia ha davvero complicato tutto…

- Avete un tetto vecchio? - cinguettò malignamente la signora Pimpernel, osservando con aria schifata i secchi nella stanza.

- Non è vecchio, è antico! - precisò Cicero. - Tutta la casa risale a oltre sei secoli fa! - disse stizzito.

La mamma di Scarlet arricciò il naso. - Si sente infatti un vaghissimo odore di… muffa! Tu non lo senti, Dalia cara? - disse rivolta alla padrona di casa. E poi aggiunse: - E anche di bruciato! Avete qualcosa sul fuoco?

- Oh, no, Adelaide. È il camino! - rispose Dalia con un sorriso. - D'inverno lo teniamo sempre acceso e i mobili hanno assorbito l'odore del fuoco. Visto il tempo, però, che ne dici, Cicero, di accenderlo anche adesso? C'è un tale umido, non trovate?

Cicero fu ben contento d'avere una scusa per allontanarsi dalla signora Faccia-di-fagiano. La sopportava poco quando stava zitta, figuratevi quando dava fiato a quella sua vocetta aspra. E per dire cattiverie poi!

Prese il cesto della legna e si alzò per andare a riempirlo, ma quando aprì la porta, una specie di gigantesca coperta lo investì e quasi lo fece cadere. Proprio così, una coperta zuppa d'acqua era entrata di gran carriera nell'ingresso, aveva sbattuto contro la parete e si era accasciata a terra.

- Cosa diavolo… - Cicero lentamente ne solle-

vò un lembo e… - GRISAM! - esultò Babù.

Proprio lui, Grisam Burdock, il maghetto dagli occhi grigi che piaceva tanto a Vaniglia! E non era solo! Da sotto la coperta sbucò fuori la famiglia Pollimon quasi al completo. Mancavano solo zia Ortensia e la fatina Fidiven.

- Volevamo farvi uno scherzo - spiegò Flox - ma papà ha inciampato e ha rovinato tutto! Anche la mia rosa! - disse, osservando delusa il gambo di spine che le era rimasto in mano. - L'avevo portata per voi, Lalla Tomelilla, volevo farvi un regalo…

- Oh, ma è una rosa bellissima, Flox! Come sei stata gentile! - rispose Tomellilla prendendo il gambo.

- Ma non ha più nemmeno un petalo…

- Come no? Guarda… - Tomelilla mostrò il rametto di spine alla bambina: i petali bianchi erano di nuovo al loro posto e formavano una corolla candida come la neve.

- UAO! Zia Ortesia non ha mai fatto una magia così! Vado a raccontarlo alla mamma! - esclamò Flox trotterellando in sala. Grazie alla coperta, si era bagnata solo le scarpe. - Posso mettermi quelle? - disse prendendo le calze e le vecchie scarpe destinate a Scarlet.

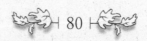

Dalia e Cicero portarono altri abiti e alcuni asciugamani.

- Siete stati incoscienti a uscire con questo tempo, ma siamo felici di vedervi.

- Non avremmo potuto tenere Flox in casa un altro secondo! - rispose Rosie Pollimon, la mamma di Flox. - È da ieri che scalpita per venire alla vostra festa. Ha perso l'invito e temeva che non la lasciaste entrare.

Babù e Pervinca si scambiarono un'occhiata d'intesa e corsero a dare un bacino a Flox-dal-cuore-d'oro. Scarlet Pimpernel invece le guardò con disprezzo: aveva strappato lei l'invito dalle mani di Flox e ora quella stupida la proteggeva. Perché? Con una scusa si alzò dal divano e andò a curiosare per la casa.

- E zia Ortensia dov'è? - chiese Tomelilla.

- Oh, lascia perdere… È a casa con Fidiven. Non vi posso riferire cosa ci hanno gridato dietro quando siamo usciti… Erano entrambe assolutamente contrarie! - raccontò la signora Pollimon.

- Non avevano tutti i torti, però. Là fuori è il finimondo! - le fece eco suo marito Bernie. - I genitori di Grisam stanno cercando di salvare la Botte-

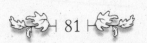

ga delle Delicatezze dall'acqua che l'ha invasa, ma avranno un bel daffare!

Tomelilla parve molto preoccupata e con una scusa scese nella Stanza degli Incantesimi.

...infine il buio...

- *D*ove andate? I bambini vogliono spegnere le vostre candeline! - dissi volando dietro alla mia strega. Tomelilla sembrò non sentirmi: infilò il cappello degli incantesimi e si mise a consultare un grosso libro intitolato "Magie oscure e oscuri presagi".

- Dunque vediamo… presagi… presagiii… oh, ecco qui: "PRESAGI DEL SOLSTIZIO D'ESTATE"! - lesse. - Capito primo: "PRESAGI TRASCURABILI": "Nebbia porporina", no… "Starnuto ribaltante", nemmeno… "Coda riccia di gatto liscio", no no, non sono questi… - Scese col dito di qualche riga e ricominciò a leggere: - "PRESAGI ALLARMANTI"! Che siano qui? Vediamo: "Pioggia di sole", no, non c'entra… "Mal di denti di strega sdentata", neppure… "Orecchie tese di mer-

luzzo sordo", macché macché… non sono nemmeno questi. Come temevo. Non resta che leggere
nei… Per tutti gli orchi della Valle! - esclamò. - Manca proprio il capitolo dei "TRAGICI PRESAGI"!
Qualcuno ha strappato la pagina!

Un tuono fragoroso investì la Valle e fece tremare la casa da cima a fondo; e uno strano vento,
entrato da chi sa dove, spense il candelabro nella
stanza.

- Maledetta tempesta! - brontolò Tomelilla.

Schioccò le dita e il candelabro si riaccese. Ma
proprio in quel momento udimmo un grido al
piano di sopra. - LA MIA BAMBINAAA!

Ci precipitammo su per le scale e trovammo la
signora Pimpernel disperata. - La mia Scarlet… è
andata via la luce e quando è tornata, lei non c'era
più!

- Ne sei certa, Adelaide? Io l'ho vista uscire
dalla sala diversi minuti fa. Forse sarà di sopra… -
provò a rassicurarla Tomelilla ancora con il cappello degli incantesimi in testa (nella fretta aveva
dimenticato di levarlo!). - Avete provato a chiamarla?

- Ti dico che è sparita! Sono sua madre e certe co-

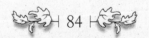

se una mamma le sente! - disse la signora Pimpernel quasi alle lacrime.

- Bambine, voi andate su a cercarla. Io guardo nello studio e tu, Dalia, per favore dai un'occhiata in cucina - ordinò il signor Cicero.

- In questo labirinto di casa, si sarà persa di sicuro, povera creatura! - piagnucolò la mamma di Scarlet.

Ci sparpagliammo per tutte le stanze. I ragazzi scambiarono le ricerche per una caccia al tesoro e si divertirono un mondo.

- Scarlettina, sei quiii? - chiedevano con voce petulante bussando a tutto ciò che trovavano, porte, ante, cassetti e cassapanche. Poi scoppiavano a ridere. Non era una cosa carina da fare, lo ammetto, ma Scarlet Pimpernel non era una bambina gentile e di sicuro non poteva essere in pericolo.

Almeno così avevamo pensato fino a quando, un'ora dopo, ci ritrovammo tutti al punto di partenza senza averla trovata. La moglie del Sindaco era in lacrime e Dalia non sapeva come consolarla. Dove poteva essere quella bambina?

A un tratto, Pervinca ebbe un'intuizione: - So

io dov'è! - esclamò. S'inginocchiò davanti alla porticina del sottoscala e gridò forte: - Scarlet, sei qui dentro?

- Sì, aprimi subito! - si sentì rispondere dall'interno. La voce di Scarlet si udiva appena, ma il tono era chiarissimo!

- Non posso aprirti, hai girato la chiave - gridò ancora Pervinca verso la porta. - Devi aprire tu!

- È arrivato il genio! Se potessi aprire da qui, l'avrei già fatto, non credi?

L'istinto di Pervinca, a quel punto, fu di lasciare madamigella Scarlet a marcire dov'era fino al prossimo inverno. Ma quello era il loro nascondiglio e andava assolutamente liberato dagli "scarafaggi"!

- Gira la chiave in senso antiorario, come se dovessi chiudere... - spiegò Pervinca. - Poi togli la chiave e tira la porta verso di te con un colpo secco!

Si sentì manovrare all'interno. E, dopo un istante... clock!, la porta si aprì!

- Bambina mia, chi ti ha chiuso lì dentro? - chiese la signora Pimpernel abbracciando la figlia.

- Perché mai dovrebbe essere stato qualcuno? - ribatté Cicero seccato.

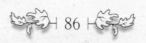

Scarlet fece un po' di scena: disse d'essersi persa e quando aveva sentito il tuono, spaventata, si era nascosta là sotto e poi non era più riuscita a venirne fuori. Vaniglia e Pervinca erano di un'altra opinione: secondo loro, quella curiosona aveva messo il naso nel loro covo segreto di proposito e c'era rimasta chiusa dentro. Ben le stava!

…e col buio, i tuoni!

A metter tutti d'accordo ci pensò la torta di Tomelilla: una crostata alla crema grande come la ruota del timone di una nave e, deliziadelledelizie, interamente coperta dalle fragoline di bosco che avevano raccolto le bambine. Com'era usanza in casa Periwinkle, i bambini si disposero intorno alla torta e soffiarono sulle candeline.

Dalia offrì una fettina a tutti, ma quando Pervinca addentò la sua lanciò un gridolino di dolore.

- AHIA! - disse, massaggiandosi la guancia. Tomelilla si portò una mano al cuore e io pure: l'ultimo premolare di Pervinca aveva bucato la gengiva. La speranza che la nostra Vì fosse una strega stava svanendo lentamente. Ma c'era ancora un po' di tempo…

Un altro tuono, più forte del precedente, scosse

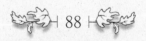

Tomelilla dai suoi pensieri e quasi mi fece cadere dalla sua spalla.

- Uau! Questo era vicino - disse Dalia con un sorriso forzato.

Il suo tentativo di alleggerire la tensione però non ebbe molto successo: il vento era aumentato e porte e finestre avevano preso a ululare in modo sinistro. La signora Pimpernel si lasciò sfuggire un singhiozzo di terrore:

- Non vorrei dire, ma questo temporale somiglia molto a...

CLICK! La luce si spense di nuovo. Tomelilla schioccò le dita, ma non successe niente. Le schioccò ancora, più e più volte, ma niente da fare: non tornava. Eppure, per una Strega della luce come lei, era una magia facile! Guardò fuori della finestra e vide che il buio s'era impossessato dell'intera Valle.

BUM BUM BUM

Sobbalzò, sobbalzammo tutti. Qualcuno stava bussando forte alla porta.

- CHI È? - gridò il signor Cicero.

- APRITEEE!!! PER TUTTA L'ACQUA DE-

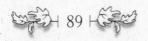

GLI ABISSI, FATE PRESTO CHE ANNE-
GOOO! - si sentì gridare da fuori.

Cicero si precipitò ad aprire e Duff Burdock, lo
zio di Grisam, cadde letteralmente nell'ingresso.
Grondava acqua come se il mare gli fosse entrato
nei vestiti.

- È un diluvio là fuori! - disse, mentre Cicero lo
aiutava a rialzarsi.

- Dalia, per favore, prendi degli abiti, Duff deve
cambiarsi o si prenderà una polmonite.

Cicero portò il signor Burdock in cucina e noi tutti lo seguimmo. - Vieni, ti preparo un tè bollente.
Ma si può sapere cosa ci facevi là fuori con questo
tempo da lupi? - chiese, mentre tutti prendevano
posto intorno al tavolo per ascoltare. Poiché ero
rimasta l'unica luce della casa, andai a sedermi sul
lampadario, e ascoltai anch'io.

- Torno dal porto, Cicero… un disastro! - raccontò il signor Burdock. - La tempesta ha distrutto il molo a Nord e la mareggiata ha strappato tutti gli ormeggi. Diverse barche si sono fracassate
sugli scogli, altre sono state portate via dalle onde…
Capitan Talbooth ha rischiato di venire inghiottito
anche lui: se non fosse stato per Cardo e Meum, l'a-

vremmo perso. Molti marinai stanno ancora lottando con le onde… Ma… un disastro vi dico, un disastro.

Mamma Dalia arrivò con gli abiti asciutti.

- Forse ti andranno un po' stretti, ma almeno ti scalderanno - disse, porgendogli una camicia e un paio di calzoni.

Il signor Burdock era una montagna di mago e agli abiti del signor Cicero mancava una spanna buona per andargli bene. Se qualcuno lo avesse visto in quel momento, avrebbe pensato che la pioggia gli avesse ristretto gli abiti addosso.

- Vanno benissimo, grazie - disse. - Piuttosto, devo assolutamente parlarvi… soli.

Capii al volo.

- Venite, bambini - dissi. - Andiamo a giocare di sopra…

Accompagnai i bambini nella camera di Vaniglia e Pervinca e il signor Cicero chiuse la porta della cucina.

- Secondo voi di cosa devono parlare? - chiese Flox mentre salivamo le scale.

- Bah, cose noiose da grandi… - rispose Grisam allontanando il pensiero con un gesto. - Piuttosto,

hai ancora il ragno? - chiese il maghetto a Pervinca.

- Certo! Adesso lo vedi … - rispose lei correndo su.

Alcuni mesi prima, Vì aveva trovato un ragno mi-
nuscolo e infreddolito. Lo aveva raccolto e l'aveva
portato nella camera dentro a una scatola di carto-
ne. Il ragnetto però aveva preferito tessere la sua tela fra i libri sopra il letto di Vì. E lei ne era stata fe-
licissima.

- Vivete con un ragno in camera? Che schifo! -
esclamò Scarlet, bloccandosi sulla porta. - Io non
entro!

- E allora resta lì! - disse Pervinca avvicinandosi
al ragno per mostrarlo a Grisam.

- Ragazzi, com'è cresciuto! Cosa gli date da mangiare?

- Oh, Rex mangia di tutto, è un golosone! Gli dia-
mo mosche morte, briciole di carne secca…

- Adesso vomito! - esclamò Scarlet.

- Guarda che non ti fa niente. Anzi, di sicuro ha
più paura lui di te - intervenne Flox. Scarlet strisciò
lungo il muro verso il letto di Babù.

- Va bene, entro, ma se si muove, giuro che gli tiro una scarpa!

Babù intanto era rimasta un po' in disparte. Co-

nosceva bene Rex e benché non fosse proprio fra i suoi animali preferiti, lo rispettava e gli voleva bene. In quel momento, però, parve essere un po' gelosa delle attenzioni che i suoi migliori amici dimostravano verso Pervinca e il suo ragno. Se ne stava in silenzio in un angolino, mentre Scarlet spettegolava su questo e su quello, convinta che Vaniglia la stesse ascoltando. A un tratto però, la pettegola disse qualcosa che attirò l'attenzione di Babù:

- Sapete che la figlia del signor Poppy è una zingara? Almeno così dicono, e secondo me è vero... L'avete mai vista? Una poverella che va in giro con un topaccio schifoso su una spalla e un...

- Non è una poverella e Mr Berry non è un topaccio! - esplose Babù rossa in viso. - Tu non sai niente di Shirley, perciò tappati quella boccaccia!

- Uh, come siamo suscettibili: fammi indovinare, avete fatto amicizia? Non mi stupisco! - continuò Scarlet con un sorrisetto odioso.

Babù era pronta a suonargliele.

- Non darle retta ... - disse Grisam mettendosi improvvisamente in mezzo. - Quella vuole solo farti arrabbiare.

- Bada a te, Grisam Burdock! - minacciò Scarlet. Ma Grisam non la guardò neppure. Si infilò una mano in tasca e ne tirò fuori una cosa molto piccola...: - L'ho trovata oggi, credo proprio sia tua... - disse mettendo quell'affarino nelle mani di Babù. - Volevo portartela prima, ma con questa pioggia...

Era un avanzo di matita, ma Vaniglia lo accolse come fosse stato un diamante.

- Oh, Felì, guarda, l'ha ritrovata! - esclamò commossa. Vaniglia conservava ogni penna, matita (o avanzo di matita), gomma (o avanzo di gomma) che avesse "abitato" anche solo per pochi minuti nel suo astuccio. "Tutte insieme formano una famiglia!" diceva convinta. "Guai se ne perdo una". Le piaceva che a fine giornata ogni cosa fosse al riparo: le biciclette nella rimessa, i panni stesi ritirati, la famiglia delle penne nell'astuccio, gli animali nelle loro tane, gli uccellini nei nidi, i suoi oggetti vicino a lei. Se qualcuno o qualcosa rimaneva fuori, se sentiva un cane abbaiare o se una maglietta era volata via, si tormentava tutta la notte. E al mattino mamma Dalia e io dovevamo cominciare le ricerche.

Grisam non avrebbe potuto farle regalo più bello! Babù lo abbracciò e il clima in cameretta tornò sereno. Fra Rex e tutti i giochi delle bambine, i ragazzi dimenticarono la tempesta e gli affari segreti dei grandi.

Ma io no...

Anche dal piano di sopra riuscivo a sentire quel che dicevano in cucina, e quel che udivo mi faceva rabbrividire.

L'album dei miei Ricordi

Dalia Periwinkle

Una veduta della baia di Arran con la casa del pastore

La Valle

Edgar Poppy

La Piazza della Quercia

Il villaggio

Primula Pull
al tombolo

Margherita de Transvall

Will Burdock McCrips

Lilium Martagon

I cittadini

Il liutaio McMike

Matthew Fox

Butomus Rush

Cap. W. Talbooth

La nostra casa

Questa foto
l' ha fatta Cicero
il 21 giugno,
un'ora prima
che il fulmine
schiantasse
il nostro vecchio olmo

Felì

Cicero

Dalia

Lalla
Tomelilla

La nostra famiglia

Vaniglia

Pervinca

La nostra serra

Edgar Poppy

Edgar Poppy

Tomelilla non ama farsi fotografare
così di lei abbiamo solo dei ritratti
questo glielo ha fatto il signor Poppy

Olio di Consolida
(Symphytum officinale)

Ingredienti

Olio di semi di girasole
Foglie fresche di consolida tritate
e radici grattugiate

Preparazione

Fate sobbollire l'olio con le foglie fresche
e le radici in una ciotola a bagnomaria
per circa tre ore. Filtrate e versate
in bottiglie di vetro scuro.
Conservate in luogo fresco al riparo
dalla luce del sole.

Feli nello studio

I tragici presagi

- ~~P~~otrei sbagliarmi, certo… è solo un sospetto… - stava dicendo il signor Burdock - ma i segni… sono gli stessi!

- Un altro! - esclamò mamma Dalia. - Ma cosa
avete oggi? Tomelilla borbotta stranezze da stamattina e…

I signori Pimpernel balbettarono qualcosa che
non sentii, il signor Burdock, invece, quasi esultò:

- Allora anche tu sospetti! - disse, rivolgendosi
a Tomelilla. - Meno male! Credevo di essere il solo.
Tutti mi dicono che è solo una tempesta, ma io penso che…

Dalia perse le staffe. - Pensi CHE COSA? Si può
sapere cosa avete per la testa oggi?

- Lascialo parlare, tesoro… siediti…. - intervenne il signor Cicero. A quel punto, Duff Burdock

tirò fuori un foglio, o almeno così intuii, poiché udii Tomelilla gridare: - LA PAGINA DEL MIO LI-BRO! L'HAI STRAPPATA TU!

- Ma, Lillà, davvero non ricordi? - rispose il mago sorpreso. (Chiamò Tomelilla col suo vero nome e questo accadeva solo nelle situazioni gravi!) - Me lo desti tu, quel giorno, perché anch'io imparassi a riconoscere i segni quando fosse venuto il momento…

Sentii Tomelila bofonchiare qualcosa come "Sì, scusa… avevo dimenticato…"

- Fosti la prima a interpretare questi segni e a dare l'allarme… - continuò Duff. - Ma nessuno volle ascoltarti. E accadde quel che accadde. Ebbene, se sono venuto qui è per dirvi che non dobbiamo ripetere lo stesso errore di allora, perché, secondo me, proprio di questo si tratta. Io temo che… ecco, che… il Terribile 21 sia tornato!

A quelle parole, il Sindaco quasi rischiò di cadere dalla sedia. So che era lui perché udii la signora Pimpernel esclamare: - PANCRAZIO, MA NON RIESCI PROPRIO A STARE FERMO?

Tutti gli altri invece ammutolirono.

Il Terribile 21… Non ne parlavano da tanto tem-

po. Nessuno accennava mai volentieri a quel drammatico 21 giugno in cui Lui era tornato a prendersi la loro Valle.

Dalia ricordò a un tratto le frasi che Tomelilla aveva sospirato durante la mattina e prese a balbettare: - Il… il singhiozzo di Primula…

- Esatto! È stato il primo segno! - disse il signor Burdock. - Pensateci, non sembrano tuoni i suoi singulti? I suoi poteri di strega hanno previsto la tempesta e volevano avvisarci. Proprio come successe allora, ricordate?

- E la lingua del topo dei Poppy… - aggiunse Dalia.

- È blu! - confermò Duff.

Ma il signor Cicero protestò, perfino lui era a conoscenza della passione golosa di Mr Berry.

- Significa poco - disse. - Una volta sì che quel topolino era un segnalatore di pericolo preciso: ma da quando Shirley gli permette di mangiare zuccherini al mirtillo, la sua lingua è più spesso blu che rosa!

- È vero - intervenne Tomelilla - ma da qualche giorno Mr Berry non fa che mostrare la lingua a tutti! Anche Malva lo ha visto. Per questo è uscita a comprare il filo per cucire.

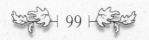

- E questa tempesta, che nessuna magia riesce a placare… - aggiunse infine il signor Burdock guardando Tomelilla negli occhi.

Per qualche istante si udì solo il rumore della tempesta. Poi il signor Pollimon parlò.

- Ammettendo che abbiate ragione, cosa possiamo fare?

- Dobbiamo riunire la Somma Assemblea dei Magici! - annunciò Tomelilla.

- Ci avevo pensato anch'io. Ma come facciamo a convocarla così in fretta? E dove? - si interrogò Duff.

- Se è vero quello che temiamo, a mezzanotte precisa avrà smesso di piovere: sarà la calma prima della seconda tempesta. Ci troveremo a mezzanotte e un quarto a Bosco-che-Canta. Se invece ci sbagliamo, e passata la mezzanotte starà ancora piovendo, ce ne andremo tranquilli a dormire! Mi raccomando: non dite niente alle bambine! - concluse Tomelilla.

- D'accordo, ma come avvisiamo gli altri membri dell'Assemblea? - Era chiaro che Duff Burdock non si stava offrendo volontario.

- Potremmo mandare Felì! - propose Tomelilla.

Che razza di idea?!? Uno scricciolo di luce come me buttato in quella tormenta! Non ci pensavo neppure: volai nel taschino di Babù e dissi: - Se qualcuno mi cerca, non m'avete visto!

- No, non può farcela, il vento la spazzerebbe via - osservò mamma Dalia.

Tirai un sospiro di sollievo.

- Il Telegrafo delle fate!! Ha sempre funzionato - esclamò allora Tomelilla.

Era un'idea decisamente più ragionevole. Uscii dalla tasca di Vaniglia e quando li vidi arrivare...:

- Sono pronta! - esclamai, fiera di avere un ruolo tanto importante.

Salii con Tomelilla e Duff Burdock nella torretta, mentre tutti gli altri tornavano di sotto.

- Chi sarà la prima a ricevere? - chiese il signor Burdock.

- Fidiven, la fata dei Pollimon - risposi.

Il Telegrafo delle fate

*M*i avvicinai alla finestrella e cominciai a segnalare con la mia lucina. I vetri erano coperti di pioggia e vedevo a malapena il mio riflesso.

Tentai per un'ora, ma Fidiven non rispondeva.

- Temo che sia inutile - dissi scoraggiata - con tutta quest'acqua non riesce a vedermi.

- Continua a trasmettere, Felì, non ti arrendere! - mi incitarono gli altri con il naso incollato ai vetri.

Feci segnali luminosi per un'altra ora, ma senza nessuna fortuna. A un tratto, proprio quando avevamo deciso di rinunciare, mi sembrò di veder brillare qualcosa in lontananza.

- È Fidiven! - esclamai.

- Trasmetti, Felì, presto!

Urgente
A tutti i saggi della SAM
Riunione straordinaria
a Bosco-che-Canta
a mezzanotte e un quarto
Venite solo se non piove
                    Firmato L.T. e D.B.

La pioggia rendeva debole la comunicazione e dovetti ripetere il messaggio varie volte perché Fidiven lo comprendesse tutto. Ma alla fine:

- L'ha ricevuto - dissi esausta. - Adesso non resta che sperare.

Fidiven trasmise a sua volta il messaggio a Sulfior, la fata dei Blossom. Sulfior segnalò a Prud, Prud a Ditetù, Ditetù a Etalì e così via, di casa in serra, di serra in torretta, di torretta in veranda…

Lento ma tenace, il messaggio attraversò la pioggia illuminando la Valle di Verdepiano. Finché…:

- Guardate! - disse il signor Burdock. - Fidiven sta trasmettendo di nuovo!

Volai alla finestra: una luce lunga, due corte, uno scintillio, poi un altro… - È arrivato! - tradussi. - Tutti i saggi hanno ricevuto il messaggio!

Il Telegrafo delle fate aveva funzionato e il signor Burdock si complimentò con me. Poi aggiunse:

- Ti prego, ringrazia da parte nostra anche… - lui citò tutti i nomi delle fate per intero. Ma a voi desidero ricordare quelli delle fatine che ancora oggi mi stanno più a cuore:

Dodicisofficisoffidivento, detta Fidiven
Vegliosulfiorchefiorirà, ovvero Sulfior
Quattropetaliacuorehoportatoperte, per tutti Etalì
Sentoipollicicheprudono, Prud
Miricorderòditeturicordatidime, per noi Ditetù

Erano piccole fatine luminose come me e provenivano da regni lontani. Eppure, con il loro coraggio contribuirono a fare la storia di Fairy Oak.

Il Terribile 21

Il 21 giugno doveva essere il giorno più lungo dell'anno e invece si era trasformato in notte. E che notte!

Un cielo nero si era abbassato minaccioso sulle case; le nuvole ruggivano e si contorcevano come draghi infuriati lanciando dappertutto lampi, vento e grandine. Muri d'acqua si abbattevano sul villaggio, buio e devastato.

Rintanati in cucina, grandi e bambini sedevano intorno al tavolo e osservavano sconsolati il vecchio orologio appeso alla parete. Io avevo ripreso il mio posto sopra il lampadario. Quanto sarebbe durato quel pandemonio?

- Adesso smette, vedrete… - diceva Dalia di tanto in tanto, ma ci credeva poco anche lei, e poi era meglio non sperare che la pioggia smettesse. Se a mezzanotte la tempesta fosse cessata, significava che Daff e Tomelilla avevano ragione, che il Terribile 21 era tornato, e questa volta per restare!

Il rimbombo dei tuoni faceva tremare la casa e i ragazzi avevano paura ad allontanarsi dai genitori anche solo per prendere un bicchier d'acqua.

- Lo prendo io - disse mamma Dalia alzandosi. Improvvisamente, però, una finestra si spalancò alle sue spalle, il vento mi fece cadere nella brocca di coccio e il buio invase la stanza. Cicero e il signor Burdock si alzarono a chiudere i vetri, ma il vento era troppo forte e la finestra si spalancò di nuovo.

- FATE USCIRE FELÌ DA QUEL VASO! - gridò Cicero. - Abbiamo bisogno di luce! - Lui e il signor Burdock provarono a tener chiusa la finestra con tutto il loro peso, ma inutilmente: per quanto fossero grossi e pesanti, la tempesta lo era di più. Inoltre la pioggia aveva bagnato il pavimento e i due uomini continuavano a scivolare.

- FORSE CON UN'ASSE E DEI CHIODI… - gridò Duff.

- Forse, ma bisogna che qualcuno vada a prenderli! - rispose Cicero, ormai bagnato fradicio.

Già, ma chi? La paura aveva invaso gli animi di

tutti, e di uscire al buio, chi se la sentiva?

- Vado io! - esclamò il Sindaco (guadagnandosi la riconoscenza di tre famiglie in un colpo solo).

- Pancrazio, tu non ti muovi da qui! - intimò sua moglie afferrandolo per una manica. Il signor Pimpernel diede uno scrollone e s'incamminò a tentoni verso la porta.

Non la raggiunse mai!

Il boato assordante di un tuono lo paralizzò dopo solo tre passi. La porta di casa gli si spalancò davanti e una figura scura, grondante d'acqua e di terrore, si precipitò verso di lui urlando:

- HA PRESO LE STREGHE! HA PRESO DUE DI NOI!

Tomelilla riconobbe Ortensia Pollimon, la zia di Flox. Era avvolta nel mantello e tremava di paura. Il Sindaco l'afferrò un attimo prima che cadesse a terra.

- Chi? Chi ha preso? - le chiese, ma Ortensia sembrava non sentire. Pronuciava frasi sconnesse ed era senza fiato. Poi, due nomi: Edera Dhella e Fragraria Fres. Con molta fatica raccontò di averle viste volare via, trascinate dal vento verso il Monte Adum.

- La Rocca di Arrochar… - sussurrò Tomelilla.

Fu l'unica cosa che riuscì a dire, poiché di colpo tutte le porte e le finestre della casa cedettero alla furia della tempesta e un vento furibondo si tuffò in casa nostra trascinandosi dietro ciò che di peggio aveva raccolto nel suo furioso passaggio. Rovi, spine, foglie di cardo, funghi velenosi, fango, scarafaggi e perfino pesci sembravano seguirlo come impazziti, frustando, pungendo, graffiando, mordendo e devastando ogni cosa.

- È QUI!!!! - gridò Ortensia, prima di svenire sotto il tavolo.

Fu lo scompiglio. E il terrore.

Gli scarafaggi assalirono la signora Pimpernel: prima le coprirono i piedi, poi le si arrampicarono su per le gambe.

- LEVATEMELI! LEVATEMELIIII!!! - gridava terrorizzata mentre il marito tentava di liberarla. Dall'altra parte della stanza, intanto, un'onda di fango e vermi sommerse Duff Burdock, che quasi vi annegò dentro. Per fortuna Cicero riuscì a liberargli la bocca e il mago potè pronunciare l'incantesimo che lo trasformò in un orribile mostro mangia-fango.

Fu allora che sentii gridare Babù.

Uno sciame di spine puntava dritto su di lei e su Flox. Volai in loro aiuto, ma il vento mi scaraventò lontano. Quando mi ripresi, vidi Fidiven accanto a Flox. Era arrivata di corsa e stava difendendo la sua bambina, mentre Babù aveva già alcune spine conficcate nella gamba. Sentii una stretta al cuore. Lei, però, invece di arrendersi, o piangere, combatteva. E combatteva da strega! A colpi di incantesimo, trasformava le spine ancora in volo in petali di fiori e piume, mentre zia Ortensia, da sotto il tavolo, faceva marcire quelle scampate alla magia di Babù.

A un tratto sentii odore di bruciato.

Il rapimento di Pervinca

*M*i guardai intorno e vidi che le grandi tende del salotto erano in fiamme.

- AL FUOCO! AL FUOCO! - gridò Grisam, ma due grossi pesci lo schiaffeggiarono e gli altri lo fecero scivolare fra le fiamme. Il fumo inondò la stanza. Non vedevo più niente, e cominciai a starnutire. Starnutii e starnutii centoventisei volte e… spensi l'incendio (è un incantesimo che sappiamo fare solo noi fate!).

- GROAM! - fu il complimento del signor Burdock. I signori Pollimon si precipitarono ad aiutare il ragazzo: aveva tutti i vestiti bruciacchiati ed era sporco di fuliggine, ma stava bene. Tirai un sospiro di sollievo e sperai che il pericolo fosse passato. Quando: - AIUTO! - gridò mamma Dalia. - TOMELILLA È IN PERICOLO!

Approfittando del fumo, funghi velenosi avevano attaccato la mia strega e ora cercavano di entrarle in bocca.

- TIENILA CHIUSA! TIENILA CHIUSA! - le gridava Dalia, mentre con Cicero provava a levargli di dosso. Un turbine di foglie di cardo avvolse la strega pungendola e graffiandola: volevano che urlando aprisse la bocca!

- Non gridare, Tomelilla! Non gridare! Ti aiutiamo noi! - Erano accorsi anche i Pollimon, ma ogni loro gesto si rivelava inutile. Con enorme sforzo, Tomelilla riuscì a liberare un braccio dalle foglie che l'avvolgevano e con un gesto magico trasformò la sua bocca in un fiore. Ora non poteva più urlare! Funghi e foglie caddero improvvisamente a terra. E svelta mamma Dalia li spazzò fuori con la scopa.

Fu solo allora che si accorsero di Pervinca. Il vento la stava trascinando fuori dalla finestra avvolta in lacci di rovi.

La vide anche Duff: ingoiò l'ultimo groppo di fango e si precipitò verso di lei. Tutti insieme la afferrammo per le gambe.

- TIENILA, DUFF, NON MOLLARE! - gridava Tomelilla. Ma i rovi ci frustavano le mani e il

vento tirava dall'altra parte con tutta la forza che aveva. Sembrava un terribile tiro alla fune, e in mezzo Pervinca piangeva e si agitava per liberarsi, e più si dibatteva, più le spine la graffiavano.

- Non ti muovere, tesoro, fra poco sarai libera... - le disse Tomelilla per rassicurarla. Ma proprio in quel momento, uno strattone più forte degli altri la strappò via da noi. Ci precipitammo fuori di casa.

- IL VENTO SOFFIA VERSO IL MONTE ADUM, LA STA PORTANDO LÀ! - gridò Duff Burdock. Tomelilla fece per alzarsi in volo, ma il mago la fermò. - Aspetta - disse. - Non sappiamo cosa ci sia oltre quel muro di nubi, potrebbe essere una trappola e siamo solo in tre.

Con orrore vedemmo Pervinca allontanarsi e sparire fra le nuvole. Svelta, allora, Tomelilla lanciò un incantesimo verso gli alberi vicini e ordinò:

Le vostre lunghe braccia
cerchino nel cielo
colei di cui non vi è più traccia

A quelle parole, i rami alti degli alberi si allungarono verso il cielo e presero a frugare fra le nubi nere. Li guardavamo agitarsi verso Nord e Sud, Est e Ovest, e col cuore in gola sperammo di vederli scendere con la nostra Vì.

Ma uno dopo l'altro i rami tornavano al loro posto, vuoti. Presto gli alberi ripresero la loro forma di sempre.

Tomelilla non si diede per vinta:

- Non è possibile! DEVE essere là da qualche parte. Presto, alla Torre!

Con una corsa folle raggiungemmo la Torre del Vecchio Municipio. Era una vecchia costruzione, altissima e pendente. - STAI DRITTA, COSÌ SARAI PIÙ ALTA! - le gridò Tomelilla.

Fra scricchiolii agghiaccianti, la Torre si raddrizzò e noi ci arrampicammo su per i vecchi gradini scivolosi. Quando arrivammo in cima, aggrappati ai merli della Torre, scrutammo il cielo per trovare Pervinca. Ma vedevamo solo nuvole, pioggia e lampi intorno a noi.

In un disperato tentativo, Tomelilla lanciò un incantesimo di luce verso la tempesta: le nuvole si illuminarono a giorno e, come paraventi di seta,

lasciarono intravvedere ciò che nascondevano. Pervinca era proprio sopra di noi. La massa di rovi l'avvolgeva ancora e lei piangeva e gridava.

Tomelilla provò allora a parlare al vento:

Lacci di rovi, mani di vento
che infliggete dolore e tanto spavento,
colei che rapite è una bimbetta,
che mai fu colpevole d'esser streghetta!
Il vostro padrone è caduto in errore,
troppo preso a devastare e portare terrore.

Improvvisamente qualcosa scintillò fra i rovi. Pervinca sparì e dalla matassa pungente si librò una minuscola creatura. La vedevamo a stento, poiché la pioggia e le nuvole confondevano la sua forma e di tanto in tanto la rendevano invisibile ai nostri occhi. Allora, in silenzio e col fiato sospeso, aspettavamo di vederla ricomparire... - ECCOLA! ECCOLA! - gridavamo felici. Ma di nuovo scompariva. Volava nella nostra direzione, ma con grande fatica e pareva stremata.

- VADO AD AIUTARLA! - gridai, tuffandomi nella tempesta.

- FELÌ, NOO!... - Tomelilla provò a fermarmi, ma ormai era tardi, stavo volando.

Non sentivo e non vedevo nulla, e il vento mi frullava nell'aria come un moscerino, ma le mie antennine mi guidavano verso di lei. A un tratto me la ritrovai davanti agli occhi:

- VIENIMI DIETRO! - le gridai con tutta la voce che avevo. Mi voltai per tornare alla Torre e mi ritrovai la tempesta contro. - Forza, piccole... - sussurrai - fate vedere al vento di cosa sono capaci le ali di una fata!

Abbassai la testa e puntai verso l'unica luce che

vedevo: Tomelilla. Battito dopo battito, un metro dopo l'altro, bagnate fradice e stanche allo stremo, avanzammo verso la salvezza. Finché riuscii a scorgere il viso della mia strega e le sue braccia tese verso di noi.

- Siamo salve - sbuffai cadendo esausta fra le mani del signor Burdock. Tomelilla prese al volo la piccola creatura e solo in quel momento si accorse che era un calabrone azzurro.

- Oh, Felì, cos'hai fatto! Grazie, grazie, fatina mia! - esclamò la strega riempiendomi di baci. - E tu, mio adorato Duff… Hai salvato la mia Vì col tuo incantesimo…

- Io? Io non ho fatto proprio niente. Tu hai parlato al vento, credevo fosse opera tua! - esclamò il signor Burdock sorpreso.

- Oh, via, sai bene che io non posso fare certe trasformazioni… - esclamò Tomelilla socchiudendo di nuovo i palmi per osservare la piccola bestiola. La guardò per un lungo, lunghissimo istante, e quando richiuse le mani i suoi occhi erano colmi di lacrime: - È stata lei… - disse commossa. - Lo ha fatto da sola, Duff… È una strega e… è una Strega… del buio!

Restammo senza parole. La più esterrefatta però era Tomelilla. E aveva le sue ragioni... Pervinca
una Strega del buio! Come aveva fatto a non capirlo? Quella bambina era stata diversa fin dalla nascita: il colore dei suoi capelli, lo sguardo inquieto
e ribelle, la confidenza che aveva con la notte, la sua
determinazione, la passione per gli animali che di
solito spaventano, i ragni, i gufi... Improvvisamente
tutto acquistava un senso. Ma insieme spaventa-
va. Con il Terribile 21 in agguato, decisamente
non era un bel momento per diventare una creatura magica del buio.

Scendendo dalla Torre, guardai i tetti di Fairy
Oak: la pioggia li aveva resi lucenti e in alcuni di
loro si specchiavano le stelle. Come aveva previsto Tomelilla, la tempesta si stava calmando. A mezzanotte in punto, il Terribile 21 si sarebbe allonta-
nato, ma solo per caricare le sue forze di nuova, de-
vastante energia. La calma prima della prossima
tempesta...

Il signor Burdock teneva fra le braccia Pervinca,
di nuovo bambina.

- Santo cielo, è tutta graffiata! - sussurrò Dalia cor-
rendoci incontro. Il signor Cicero andò a prende-

re la pomata di consolida da metterle sulle ferite, mentre Babù accarezzava la fronte di sua sorella.

- Ne abbiamo avuto abbastanza! - disse il Sindaco. - Scusateci, ma non siamo abituati a questo genere di pandemonio! Fate i nostri auguri a Pervinca. - E così dicendo, se ne andarono lui, la moglie e la figlia, distrutti più di quando erano arrivati.

- Si riprenderà, vero? - chiese Grisam preoccupato. Da quando eravamo tornati, si era seduto sul bracciolo del divano accanto a Pervinca e non si era più mosso.

- Sì, stai tranquillo - rispose mamma Dalia. - Vedi? Apre già gli occhi…

- Co… Cos'è successo? - chiese Pervinca con un filo di voce.

- Il vento. Voleva portarti via, ma zia Tomelilla e Duff ti hanno salvata - le spiegò Babù. Avrebbe voluto raccontarle tutto, ma Tomelilla disse che era meglio andare a dormire e rimandare le spiegazioni al giorno dopo.

- È quasi mezzanotte e siamo tutti stanchi. Vieni, Grisam - disse il signor Burdock prendendo il ragazzo per le spalle. - Domani passeremo a vedere come sta Pervinca.

Quando tutti se ne furono andati, Tomelilla andò a sedersi vicino a Pervinca e invitò gli altri a fare lo stesso.

- Stanotte sono successe tante cose - disse - e anche se è vero che siamo molto stanchi, ora che siamo soli desidero darvi alcune spiegazioni. Co-
mincerò dal principio…

Il tempo delle streghe

Dalia, Vaniglia, Pervinca e il signor Cicero sedettero intorno alla zia mentre io mi accoccolai fra le pieghe del suo scialle.

Alla luce del fuoco che crepitava nel camino, Tomelilla raccontò la storia della loro famiglia. Ricordò le streghe e i maghi antenati e spiegò come da sempre venivano tramandati i poteri magici. Citò il Codice di famiglia Stregonesco e disse che anche Dalia era stata una strega, ma un giorno aveva rinunciato alla magia per vivere una vita non-magica accanto al signor Cicero. Lui in quell'istante alzò gli occhi al cielo: "Meno male!" sembrò dire. Le bambine invece ascoltavano rapite. "Mamma una strega?!!"

Tomelilla continuò, ma il suo tono si fece più serio.

- Riguardo a stasera, abbiamo un terribile sospetto, ma prima di parlarvene è importante che io faccia due annunci ufficiali... - Prese le mani di Babù e con voce solenne confermò quello che tutti avevamo intuito: - Vaniglia, tu sei una Strega della luce! - disse. - Le Streghe della luce hanno il potere di creare. Quel che non c'è possono farlo apparire, ma non scomparire. Sanno trasformare il brutto in bello e il bello in meraviglioso. E mai viceversa. Potrai far nascere, ma non causare la morte. Tu sai curare e non ferire. Tu sei Luce!

Babù rimase senza parole e un bruscolino si infilò in un occhio del signor Cicero. Ma potrei giurare che stava piangendo!

Subito dopo, Tomelilla si rivolse a Pervinca. E la sorpresa fu grande per tutti.

- Sì, tesoro, anche tu sei una strega - disse. - Una strega rara e potente, la prima nella nostra famiglia. Pervinca, tu sei una Strega del buio!

A quelle parole, mancò poco che Dalia e Cicero cadessero dal divano. Pervinca cercò di ritirarsi, ma Tomelilla la trattenne.

- Ascoltami! - disse con voce incredibilmente dolce. - Quello che sai delle Streghe del buio, ciò che di brutto conosci, lo hai appreso dalle leggende che da sempre circolano su queste rare creature. Leggende, appunto, poiché pochi possono dire di sapere la verità sui Magici del buio. Quel che so io, e devi credermi, è che sono creature potenti e bellissime. Loro conoscono riti e incantesimi sconosciuti alle Streghe della luce, vedono nella notte, dietro alle cose, dentro alle persone. Arrivano dove noi non vediamo, vanno dove noi non possiamo. I loro poteri sono forti, e imprevedibili. Alimentati dalla rabbia e dalla paura, si manifestano quando tutto ormai sembra perduto. Avrei dovuto capirlo, avrei dovuto interpretare i tuoi atteggiamenti. Invece, ho permesso che ti trovassi in pericolo e che da sola compissi la tua magia disperata.

Pervinca abbassò gli occhi. Ecco perché lei non aveva mai avuto paura del buio e non temeva nemmeno i tuoni, i "tamburi delle nuvole", come li chiamava. Per lei era il ritmo con cui la natura scandiva le sue stagioni.

- Chi mi ha rapito? - chiese alla zia.

- Non ne sono ancora del tutto sicura... Quello che temo è che il Nemico di un tempo sia tornato a prendersi la rivincita.

- Chi è? E perché è nostro nemico? - incalzò Babù.

- Perché, tesoro mio, lui odia la pace e la serenità, lotta contro la bellezza e l'armonia. È nemico della giustizia e della tolleranza, non sopporta la gioia né la felicità. Ovunque va, porta paura, tristezza, distruzione…

- Che aspetto ha? Lo hai visto, Pervinca? - chiese Babù rivolta alla sorella. Pervinca scosse la testa.

- Non ha un volto - spiegò Tomelilla. - Ogni volta, quando arriva, speriamo si tratti solo di una tempesta e fatichiamo a riconoscerlo. Poi… le foglie seccano sugli alberi prematuramente, la pioggia brucia i raccolti, i rami frustano al nostro passaggio… e allora è troppo tardi. Centoventun'anni fa dovettero scomparire alcuni di noi, rapiti dal vento e dalle onde del mare, prima che il popolo di Fairy Oak accettasse il fatto che il Terribile 21 era tornato.

- Il Terribile 21? È questo il suo nome? Che strano…

- Lo chiamarono così i nostri antenati, poiché il 21 è un numero che ricorre spesso nel modo di fare del nostro Nemico: sceglie sempre la sera del Solstizio d'Estate per sferrare il primo attacco e gli as-

salti più terrificanti arrivano dopo le nove di sera.

Tutte quelle informazioni erano una novità anche per me, e non una bella novità.

- Come avete fatto a vincerlo finora? - chiesi un po' allarmata.

- Come gli altri prima di noi... - rispose Tomelilla. - Combattendo uniti, usando tutte le magie in nostro possesso e con l'aiuto di Quercia, che è sempre stata nostra alleata. Sapete chi ci fece vincere l'ultima battaglia?

- No, chi?

- I Magici del buio, proprio loro!

- Davvero? E come?- chiese Pervinca.

- Fecero finta di allearsi col Nemico: trasformarono noi tutti in mostri orribili e la Valle in una landa spoglia e desolata. Non trovando più niente di bello da distruggere, il Terribile 21 se ne andò.

- E perché è tornato? - chiese Babù.

- Deve aver saputo dell'inganno, suppongo.

- Allora sarà arrabbiato soprattutto con i Magici del buio… - esclamò Pervinca. - Ecco perché mi ha rapito…

- Ti ha rapito perché sei una strega, Vì, e adesso basta domande. Accontentatevi delle spiegazioni che avete avuto, sono state anche troppe… - tagliò corto la zia, decisa a non rivelare altro sui pericoli che quell'oscuro Nemico rappresentava per la piccola Vì. Sì, soprattutto per lei.

Il Magico Regolamento

*P*ervinca non demordeva.

- Cos'è la Rocca di Arrochar? - chiese, ricordando che sua zia aveva sussurrato quel nome a proposito delle due streghe rapite.

- Niente che tu debba sapere adesso! - disse Tomelilla. - Sappiate invece che domani cominceranno i corsi di magia! Dovrete studiare e applicarvi, e io sarò la vostra insegnante.

Le bambine applaudirono entusiaste.

- E, come tutti sanno, sarò molto severa ed esigente.

Le bambine smisero di applaudire.

- Stasera vorrei che leggeste questo…

Tomelilla consegnò alle bambine un rotolo di pergamena. Era "Il Magico Regolamento".

- …Sono le regole delle streghe? - chiese Babù

perplessa. - Quante sono!

- Ora, devo andare - disse infine la zia, dando un bacio alle bambine.

- Andare? Dove? È notte… e piove! - esclamò Babù, alla quale non piaceva affatto l'idea che sua zia uscisse a quell'ora e con quel tempo.

- Posso assicurarti che fra poco non pioverà più, Vaniglia, e che presto sarò di ritorno - la rassicurò Tomelilla.

Quando mamma Dalia salì per il bacio della buona notte, io ne approfittai per andare a salutare la mia strega.

- Non potrei venire con voi? - dissi.

- Sei gentile, Felì, ma preferisco che resti con le bambine. Non devi mai perdere di vista Pervinca, hai capito?

L'orologio del camino batté mezzanotte e io sospirai:

- È la prima volta che saltiamo l'Ora del Racconto.

- Hai ragione, ma… guarda fuori…

- Ha smesso di piovere! - esclamai.

- Ci sarà calma per un po'. Devo approfittarne per incontrare gli altri saggi e per vedere che i Poppy

stiano bene. A Babù questo farà piacere. Ora torna da loro, Felì.

Tomelilla indossò il suo mantello nero e io la guardai sparire nel buio.

Quando salii, trovai le bambine immerse nella lettura del Magico Regolamento.

- Certo sarà dura - sospirò Babù.

- Ma a cosa serve avere i poteri se qui si dice che non puoi usarli? - Pervinca sembrava un po' delusa.

- Quelle regole sono state scritte molti anni fa da un Umano e da un Magico perché i loro popoli vivessero in pace e serenità. Chi non lo rispetta, si mette nei guai. Perciò osservate sempre le regole. E usate i poteri soltanto quando servono, e sempre a fin di bene. Babù, dai un bacio sulla ferita che Vì ha sulla guancia, così domattina scoprirà cosa intende dire il Regolamento - spiegai con un sorriso. - E ora, a nanna!

- Non possiamo dormire, Felì, siamo troppo agitate! - protestarono. - Per favore, raccontaci una storia!

Ne conoscevo molte, ma quella volta decisi di raccontare una storia vera.

- E va bene - dissi. - Vi racconterò la storia del nome di Vaniglia…

L'attesa di Felì

*Q*uando le bambine si furono addormentate, andai alla finestra e attesi il ritorno di Tomelilla. La luna aveva ripreso il suo posto nel cielo e vegliava sul villaggio come le luci delle fate vegliano e rasserenano il sonno dei bambini.

Ripensai al mio regno: da quanto tempo mancavo! Stavano bene le mie compagne? A quell'ora le fate riposavano nei grandi fiori delle magnolie, o sulle morbide foglie delle ninfee, cullate dal respiro della laguna… Come avrei voluto essere lì con loro! Solo per riposarmi un poco. Perché ero felice al villaggio e non desideravo andar via. Avevo trovato nuove fatine, amiche sincere e fedeli e da tutte avevo imparato qualcosa. Perfino da Prud, quella testona di Prud.

Era la più giovane del gruppo ed era una fatina

allegra e simpatica, che amava ridere di gusto. Ma era anche piuttosto permalosa e noi ci divertivamo a prenderla in giro.

- Prud, ci ridici il tuo nome per intero? - le chiedevamo di tanto in tanto.

- Sentoipollicicheprudono! - rispondeva lei spazientita e noi scoppiavamo a ridere. Era il nome di fata più strano che avessimo mai sentito. - Se voi leggeste di più, sapreste che si tratta di una citazione famosa! - brontolava. - E poi ho un problema più grave del mio nome e voi non mi aiutate affatto!

- Oh, Prud, ancora con questa storia? - le dicevamo continuando a ridere.

- Vedrai che ti passerà…

- Devi solo esercitarti…

Prud aveva paura di volare. Una paura terribile! E così, ovunque andasse, ci andava a piedi!

Noi eravamo abituate a vederla camminare, ma per lei era diverso.

- Sai qual è la frase che sento gridare più spesso in casa? - ci ripeteva sempre. - "ATTENTI A NON SCHIACCIARE PRUD!" … Quello scarafaggio di Prud…

- Oh, questo lo hai aggiunto tu, siamo sicure! Nessuno ti chiama così!

- E va bene, non mi chiamano scarafaggio, ma è umiliante lo stesso.

- Prud, lo dicono per il tuo bene, sei così minuscola che è difficile vederti...

- E poi, guarda il lato positivo della cosa: camminando si fanno incontri interessanti.

- Ah sì, e quali?

- Be', ultimamente ci sono rospetti così carini in giro...

Era più forte di noi! Non riuscivamo a prendere sul serio il problema di Prud e a volte le nostre battute riuscivano a farla ridere. Altre volte, invece, Prud scuoteva la testa, dava un calcetto a una pietra e andava a sedersi un po' più in là. In quei casi, interveniva Fidiven, lei era l'unica che riusciva sempre a consolarla. E per farlo, le raccontava questa storia:

- Prud - diceva - sai che i calabroni non potrebbero volare? Le loro ali sono troppo piccole per sollevare il loro peso. Eppure volano. Sentoipollicicheprudono, tu sai volare, solo che non credi di poterlo fare! E non fai mai esercizio!

Prud usciva dalle chiacchierate con Fidiven allegra come un'ape vestita di miele. E per alcuni giorni la vedevamo buttarsi giù da gradini, davanzali, rami, perfino dai tetti.

- Dal basso non prendo abbastanza spinta, devo saltare dall'alto! - sosteneva.

Dopo un po', arrivava da noi tanto gonfia per i tonfi che pareva un cuscino di polline!

- Facciamo due passi? - ci chiedeva.

- Volentieri! - rispondevamo noi in coro.

Abbiamo camminato tanto, con Prud, e visto cose che dall'alto, volando, non immagini neppure, come l'erba che nasce, o il nasino delle formiche e i granini d'oro della sabbia. E anche qualche rospetto carino.

Da Prud ho imparato a volare basso, di tanto in tanto.

Fate nella nebbia

$\mathscr{S}$tavo pensando a quanto ero stata fortunata a trovare quelle fatine, e Tomelilla e Pervinca e Vaniglia e tutta la famiglia Periwinkle e i loro gentilissimi amici... quando a un tratto la luce della luna scomparve.

Un refolo di nebbia passò davanti alla finestra. Mi affacciai e con grande stupore scoprii che la bruma aveva avvolto il villaggio. In quel periodo dell'anno??? Era mooolto strano! In pochissimo tempo, il cielo, le montagne, la Valle, le case... tutto scomparve. Da dietro i vetri, intravedevo il bucato steso ad asciugare: fluttuava come un fantasma e faceva paura.

Guardavo attonita quel mondo spettrale, quando all'improvviso...

BANG!

Qualcosa colpì il vetro proprio davanti al mio naso.

- AAH! - gridai. E per lo spavento volai giù dal davanzale.

- Felì, sono io, Fidiven! - sentii sussurrare.

Tirai un sospiro di sollievo.

- Di grazia, Dodicisofficisoffidivento, posso chiederti di non apparirmi così in questi giorni un po' "strani"?! - protestai, raggiungendola fuori.

- Sei una fifona!

- No, non è vero... Piuttosto, hai notizie delle streghe?

- No.

- Pensi che sia successo qualcosa?

- Non credo. Sono qui fuori già da alcune ore e non ho visto bagliori di battaglia né lampi d'incantesimi all'orizzonte, è un buon segno.

Avevo avuto lo stesso pensiero, ma sentirlo dire da Fidiven mi rincuorò: era la fatina più saggia che avessi mai conosciuto. Mi rassicurava essere con lei in quel momento, c'era un'atmosfera così particolare...

- Sembra un luogo stregato - sussurrai guardandomi intorno.

- Lo è! - rispose Fidiven.

- Sì, ma le streghe di Fairy Oak sono buone. Quello che intendo dire è che improvvisamente è... tetro!

- È solo nebbia - commentò calma Fidiven. - Solo nebbia...

Già, ma intanto i Magici della Somma Assemblea non tornavano e l'alba era vicina. Gli uccellini tacevano e i gabbiani, di solito chiacchieroni a quell'ora, erano muti. Un Nonmagico avrebbe detto che si poteva udire "il respiro di una fata". E io lo sentivo, il respiro di Fidiven, mentre guardavo la nebbia muoversi sinuosa intorno a noi.

Fu allora che notai in lontananza tre piccoli bagliori: volavano nella nostra direzione.

- Sono Ditetù, Sulfior ed Etalì! - esclamai felice. - Forse portano notizie...

- No, no, non sappiamo niente, non sono ancora tornati - annunciò Etalì, che mi aveva sentito. Anche loro erano in pensiero.

- Dov'è Prud? - chiesi, notando che del nostro gruppo mancava solo lei.

- Non lo sappiamo, siamo passate da casa sua, ma non c'era.

- Sono quiiiii! - si sentì gridare in quel momento.

- Qui dove, Prud? Non ti vediamo!

- Arrivo, arrivo… Puff! È che in basso non si vede proprio niente… Pant! Cammino da due ore e mi sono persa già tre volte… AHI!

- Cos'è successo?

- Ho sbattuto contro una lumaca! Sono tutte fuori a bere, queste bestione!

Udimmo un rumorino accanto a noi e improvvisamente le antenne di Prud sbucarono dalla nebbia. Quella cicciotella si era arrampicata sulla staccionata del nostro giardino.

- Vedo che siamo tutte nella stessa barca! - disse sedendosi esausta. - Allora? Ci sono novità? - era zuppa e infreddolita.

- Ahimè no… - risposi, strofinandole le mani per scaldarla.

- Ve lo devo dire, ragazze, sono in ansia… - confessò Prud porgendomi i piedini gelati.

- A chi lo dici! - le fece eco Sulfior. - Datemi retta, quelli sono in pericolo! - disse Ditetù, "l'ottimista" del gruppo.

Fidiven tappò la bocca a tutte quante:

- Volete fare un po' di silenzio?! - esordì con voce ferma. - Pensate che i Magici della Somma Assemblea si siano riuniti per organizzare la festa del-

le zucche? Piuttosto, devono studiare un piano per difendere il villaggio dal Terribile 21, e sono decisioni che prendono tempo. Perciò... calmatevi!

Fidiven non aveva sempre ragione, ma sapeva essere convincente.

Attendemmo in silenzio ancora a lungo, quando a un tratto: - Ehi, guardate! Sono loro! - esclamò Sulfior indicando una fila di lumini che brillava nella nebbia.

Ci sollevammo in volo: una colonna d'ombre scure camminava silenziosa verso di noi. Alcuni di loro, i Magici della luce, reggevano le lanterne della notte.

- Ci sono tutti? Riuscite a vedere? - chiese Prud dalla staccionata.

- Mi pare di sì... - risposi stringendo gli occhi per vedere meglio. - ...Ortesia, sì, è lei, e dietro... il signor Burdock! Poi... ecco la mia Tomelilla. E quello dev'essere Meum McDale. Lo seguono Cardo Pitlochry, Lilium Martagon, Butomus Rush, Tulipa Oban, Matricaria Blossom, Magnolia Drowner, Canfora Luke... e la tua Verbena. Sulfior, la vedi? Ci sono proprio tutti. Camminano lenti, sembrano stanchi.

Attendemmo in silenzio, e quando i Magici furono abbastanza vicini, udimmo Lalla Tomelilla chiedere stupita: - Cosa fanno quelle fate fuori a quest'ora?

Un arrivo inaspettato

$\mathcal{R}$ ientrammo in casa, Tomelilla avanti e io dietro.

- Non avresti dovuto uscire, Felì! - mi rimproverò appena entrate. - Quante volte devo dirti che non voglio che tu esca da sola quando è buio?

"Ma ero in pensiero!" avrei voluto dire. Invece feci silenzio e lei continuò:

- Sono tempi oscuri e pericolosi anche per voi fatine luminose! Non voglio nemmeno immaginare come mi sentirei se ti succedesse qualcosa… Promettimi che non lo farai più, Felì, non senza il mio permesso! Prometti!

- Promesso - sussurrai.

Entrammo nella serra e Tomelilla chiuse la porta dietro di noi. Era ancora avvolta nel suo mantello e aveva un fare misterioso.

- Le bambine dormono?

- Sì… - dissi senza alzare gli occhi.

- Penso che potremmo svegliarle. Sono sicura che quando vedranno quello che ho qui sotto saranno felici di uscire dal letto… - Qualcosa si mosse sotto il mantello di Tomelilla e un istante dopo sbucò fuori…

- SHIRLEY POPPY!

- Già. Questa piccola spia e il suo topo sono riusciti ad ascoltare tutti i discorsi dell'Assemblea da dietro un albero prima che io li scoprissi. E quando hanno saputo che Vaniglia e Pervinca sono streghe hanno voluto venire con me a tutti i costi - spiegò Tomelilla.

Shirley sorrise e mi osservò coi suoi grandi occhi neri.

- Tu devi essere Felì! - disse venendomi vicino. - Come sei bella! I tuoi capelli sono… gocce di rugiada! E il tuo abitino… una nuvola di luce! Sei l'esserino più bello che abbia mai visto.

- Grazie - risposi arrossendo. - Ho sentito molto parlare di te, sai? E anche di Mr Berry - dissi, stringendo la zampetta al topolino. Mr Berry mi mostrò la lingua. - Lo so, lo so che siamo in pericolo

- lo rassicurai. - Avete fame?

- Avranno fame sì - rispose Tomelilla. - Il papà di Shirley ha detto che ieri sera non sono riusciti a mangiare per via della tempesta. Perciò, Felì, ti prego, vai a svegliare le bambine e dì loro di scendere vest… - non fece in tempo a finire la frase che la porta si spalancò.

- Siamo già qui! - esclamarono Babù e Pervinca entrando nella serra. Erano in pigiama e ancora tutte spettinate dal sonno.

- Vi abbiamo sentite entrare e…

- Dovevo immaginarlo! - sospirò Tomelilla.

Le bambine si abbracciarono.

- Come siamo felici di vederti, Shirley. Stai bene? Il Terribile 21 è venuto anche da te? - Shirley fece segno di sì con la testa e Mr Berry tirò fuori la lingua. - Hai ragione, topolino, c'è un pericolo qui intorno - disse Vaniglia facendogli una carezza. Mr Berry ingoiò uno zuccherino al mirtillo.

- Andate a vestirvi - ordinò Lalla Tomelilla. - Noi intanto prepariamo torta e caffellatte per tutti. Poi, senza perdere altro tempo, cominceremo la prima lezione di magia.

Elettrizzate dall'emozione, le bambine salirono di corsa la scala fino in camera.

- Che domenica esaltante! - esclamò Babù volando in bagno. Pervinca strabuzzò gli occhi:

- EHI! Come hai fatto?

- Fatto cosa?

- Volare! Chi… chi ti ha insegnato?

- Nessuno. Perché, tu non voli?

- Io… non lo so… non credo d'aver mai provato…

- E allora prova adesso! Su, un voletto fino all'armadio. È facile… - la invitò Babù. Pervinca chiuse gli occhi e fece un saltino.

- No, no. Non devi fare così! - disse Vaniglia ridendo. - Prova a pensare di essere una farfalla, o una libellula, o un colibrì…

- Mi viene più facile un gufo, un corvo, o un calabrone.

- Fa lo stesso, purché sia un animale che vola. Allora… cammini per la stanza così, va bene? Poi a un certo punto pensi: «Sono un gufo!», o un corvo, o insomma quello che vuoi. Dici: «Non ho peso e mi sollevo!» e voli. Dai! "Non ho peso e mi sollevo!"… su!

Pervinca andò nell'angolo più lontano della stanza, spalancò le braccia come un falco e cominciò a correre verso l'armadio.

- NON HO PESO E MI SOLLEVO! - gridò. Per fortuna Babù riuscì a fermarla un attimo prima che si schiantasse contro le ante.

- Qualcosa dev'essere andato storto - disse, ricomponendo la sorella. - Forse non ti sei concentrata abbastanza…

- O forse le Streghe del buio hanno una tecnica di volo diversa da quella delle Streghe della luce - intervenni io. - E visto che non lo sappiamo, suggerisco che prima di ritentare Pervinca chieda consiglio a zia Tomelilla. Ora vestitevi, la colazione sarà pronta e Shirley vi starà aspettando.

Parlai con tono allegro e distratto perché Vì non prendesse troppo sul serio quel primo, piccolo fallimento. Ma il rossore sulle sue guance tradiva un orgoglio ferito.

Appena aprì l'armadio però, l'espressione sul suo volto cambiò: - EHI, GUARDATE! - esclamò.

Appesi in bella vista e pronti per essere indossati c'erano due abiti nuovi fiammanti.

- Dev'essere la divisa per le lezioni di magia:

sono uguali! - disse Babù, prendendo quello col suo nome. - Come sono strani!

Volai intorno agli abiti e notai che erano confezionati in un tessuto spesso e pesante, che avevo già visto, ma in un altro colore. Quello della divisa delle bambine era nero come piume di corvo. Una grande tasca girava tutto intorno alla gonna e da questa spuntava una bacchetta. C'era un cartellino attaccato. Diceva "NON TOCCARE!"

- E ti pareva! - brontolò Pervinca.

Le bambine infilarono gli abiti e si abbottonarono a vicenda i bottoni sulla schiena. Erano molto graziose.

Pervinca ebbe l'istinto di prendere la bacchetta.

- A-Ah! - dissi io, fermandola appena in tempo. - È uno strumento delicato, aspetta zia Tomelilla.

Lei allora aggrottò le sopracciglia e frugò nelle piccole tasche sulla pettorina.

- C'è un biglietto! - disse. - Sembra la scrittura della zia. Dice:

Brave! Avete appena indossato gli abiti delle streghe apprendiste. Nel primo cassetto a destra troverete il resto.

- Uao, siamo *streghe apprendiste* adesso!

Seguendo le indicazioni del messaggio, Vaniglia aprì il cassetto dell'armadio e trovò due paia di calze nuove e due cuscinetti rotondi di raso nero.

- Queste sembrano calze normali, se non fosse che sono verdi come il nostro prato… - commentò.

- Se è per questo, sono anche ricamate con i fiori del nostro prato… - le fece eco Pervinca indossando la prima calza.

- Ma questo… cosa sarà? - Vaniglia osservò perplessa uno dei due cuscinetti. Era lievemente imbottito e largo più o meno come la sua testa. Lo guardò di sopra e di sotto senza riuscire a capire a cosa servisse. - Boh, portiamolo giù, ce lo spiegherà la zia! - disse infine, infilando il cuscinetto nella grande tasca.

Mentre scendevamo le scale, notai che Pervinca aveva l'espressione delusa.

- Qualcosa non va? - chiesi.

- Oh, no, niente… Solo, mi aspettavo qualcosa di più. Pensavo che avremmo avuto abiti lunghi fino ai piedi con grandi mantelli e cappelli a punta, bacchette d'argento e una scopa che vola: a me avrebbe fatto comodo, visto che non ne sono ca-

pace! La notte del Solstizio, le streghe di Fairy Oak si vestono così...

- La notte del Solstizio è passata - provai a spiegarle - e tu sei strega solo da dodici ore, devi avere pazienza. Piuttosto, vedo che le tue ferite sono guarite...

- Sì e ho già ringraziato Babù , se è questo che volevi sapere.

- Perché sei arrabbiata con me, Vì?

- Non sono arrabbiata con te, Felì, è che sono stufa di dover sempre aspettare per tutto. Se almeno avesse un buon sapore, questa pazienza della quale parlate tanto...

Entrammo in cucina e con sorpresa trovammo Shirley vestita come le bambine. Le sue calze però erano diverse: invece dei fiori del giardino, avevano ricamati erbe e fiori di campo. In testa aveva uno splendido cappello a punta e Pervinca me lo fece notare.

- Era ora! - esclamò Tomelilla. - Cominciavamo a stare in pensiero. Mangiate la vostra colazione e fate attenzione a non macchiarvi la divisa nuova. Vedo che avete trovato tutto... - disse con un sorriso che faceva intendere quanto bene conoscesse la curiosità delle sue nipotine. - Ma dove sono i vostri cappelli?

- Non abbiamo trovato nessun cappello, e stavo giusto dicendo a Felì che…

- Non avete trovato i cappelli??

- No, nel cassetto c'erano solo le calze e due strani cuscinetti…

- Appunto, i cappelli!

Babù e Pervinca tirarono fuori i due oggetti neri che avevano trovato nel cassetto e li mostrarono alla zia.

- Esatto, quelli. Indossateli!

Le bambine si guardarono dubbiose e lentamente portarono i cuscinetti sopra la testa.

- Secondo me ci stanno facendo uno scherzo - sussurrò Pervinca.

Non finì di parlare che… BOING! Il suo cuscinetto si aprì e uno splendido cappello da strega le si dispiegò sulla testa. Lo stesso accadde a Vaniglia.

- I cappelli! - confermò Tomelilla. - Quando li toglierete, si ripiegheranno da soli.

Dieci minuti dopo scendemmo nella Stanza degli Incantesimi.

Oltre il buio

*E*ra vietato, alle bambine, entrare nella Stanza degli Incantesimi e la regola era sempre stata rispettata. Non per diligenza, s'intende, ma perché bisognava percorrere un lungo corridoio buio per arrivare alla Stanza, e Vaniglia e Pervinca l'avevano sempre definita "Un'Avventura Impossibile".

Se avessero avuto solo un po' più di coraggio, avrebbero scoperto che quel corridoio nascondeva un segreto. Bisognava fare venti passi al buio, prima di scoprirlo, ma quei pochi istanti di paura erano ripagati da uno spettacolo meraviglioso: al ventesimo passo, infatti, le pareti di roccia prendevano luce. Migliaia e migliaia di minuscoli lumini nascosti fra le pietre si accendevano al passaggio, illuminando la strada verso la Stanza.

A metà, il corridoio curvava e il soffitto si ab-

bassava gradualmente verso una porticina di legno. Occorreva piegarsi per passare, e naturalmente togliersi i cappelli, ma una volta dall'altra parte, ci si ritrovava in una stanza grandiosa.

La luce tremolante di un grosso candelabro appeso al soffitto non faceva percepire immediatamente lo spazio reale della Stanza. Al centro, una massiccia scrivania di noce si ergeva come un'isola in un mare di oggetti indefiniti, ammucchiati dai maghi e dalle streghe di famiglia nel corso dei secoli. Nessuno aveva mai buttato via niente: reti da pesca, cordame per ormeggi, vele indurite dal sale, cesti dalle mille forme e bei volti ritratti su tele ormai ingrigite. Riposavano fra pile di libri di magia e grossi calderoni neri.

Accanto alla scrivania, sopra a un leggio, stava il cappello da strega di Tomelilla, e subito dietro, sulle mensole, i libri di genere vario: romanzi d'avventura, fiabe, leggende, ricettari, biografie e gli atlanti dei regni magici, i miei preferiti. Stavano lì, fra le ampolle e gli alambicchi. Tomelilla di tanto in tanto ne sceglieva uno e me lo leggeva davanti al camino.

C'era infatti, nella Stanza, un grande caminetto.

Ai lati del fuoco, molti anni prima, la zia di Tomelilla aveva sistemato due panchette comode sulle quali ci sedevamo a parlare o a leggere al calore
dei ciocchi che ardevano al centro. Sopra alle
panchette, i fasci di erbe appesi a fumigare dif-
fondevano un caldo profumo di spezie che im-
pregnava tutta la stanza. E dopo un po' anche
noi! Per questo Tomelilla si cambiava prima di
scendere: indossava un abito di iuta pesante, simile
a quello che aveva regalato alle bambine, ma color della cenere.

Da una gigantesca cassapanca, accanto al camino, traboccava quello che Tomelilla chiamava
"l'Archivio": cartelle gonfie di appunti, studi di magia, vecchi quaderni, documenti di famiglia, album
fotografici, pergamene, attestati di riconoscimento e alcuni dei suoi molti premi. Tomelilla non li
guardava da anni e quando aveva bisogno di qualcosa, infilava un braccio nella cassapanca e fruga-
va alla cieca.

Poiché i libri di magia non venivano mai rimes-
si al loro posto, gli scaffali lungo le pareti avevano
molti spazi vuoti. A contendersi le ragnatele con i
ragni erano rimasti solo alcuni vecchi calderoni

arrugginiti e certe orribili gabbiette dall'aspetto tristetetro. Non venivano usate da molto tempo, poiché la magia moderna aveva trovato ingredienti alternativi alle code di rospo e stramberie simili. A me facevano una gran paura e mi tenevo a distanza.

Non era stato affatto facile far entrare dei banchi di scuola in quella confusione! Tomelilla e io avevamo dovuto lavorare un giorno intero! Sulla vecchia lavagna avevamo appuntato gli interventi da fare:

* abbassare le pile di libri e accostarle
  alla scrivania
* mettere ordine nella cassapanca, chiuderla
  e posarvi sopra i ritratti
* pulire la scrivania
* riporre penne, gomme, quaderni, compassi,
  calamai, timbri e boccette di polvere magica
  nei cassetti di destra
* nell'armadietto di sinistra sistemare
  gli ingredienti per gli incantesimi

Dopo un'intera giornata di lavoro e quando, una a una, tutte le voci erano state spuntate, in mezzo a quel mare di oggetti era apparsa una piccola classe.

"Siamo state brave! Che ne pensi, Felì?" aveva detto soddisfatta Tomelilla con gli occhi a forma di stella.

"Penso di sì! Manca solo il tocco finale…"

Il Corredo di Magia!

Quando finalmente le bambine imboccarono il corridoio, sentii le mie ali fremere per l'emozione. Cosa avrebbero detto della Stanza degli Incantesimi? Sarebbe stata come loro l'avevano immaginata tante volte? Avrebbero capito?

Ci addentrammo nel buio e Vaniglia cominciò a tremare. - Zia Tomelilla, potresti accendere una luce per favore? - chiese con un filo di voce.

- Sssst… guarda… - rispose lei.

…Diciassette… diciotto… diciannove… Al ventesimo passo, il segreto del corridoio si svelò davanti ai loro occhi.

- Ooooh… - esclamarono in coro le bambine.

Abbagliate dallo spettacolo dei lumini, dimenticarono ogni timore e avanzarono trotterellando verso la Stanza.

Quando arrivammo alla porticina, Tomelilla ordinò a tutti i cappelli di ripiegarsi. Poi si abbassò e fece strada nella Stanza.

- Uao! Dunque è questa, la famosa Stanza Segreta! - esclamò Pervinca con un sorriso soddisfatto. - Mi piace!

- Però non c'è nemmeno una finestra… - commentò Babù un po' preoccupata. Osservai Tomelilla e mi parve dispiaciuta per quella osservazione.

- I vostri antenati hanno scavato questa stanza nella roccia perché fosse al sicuro da occhi indiscreti, per questo non ci sono finestre - disse, quasi scusandosi. - Ma possiamo accendere altre candele, se ti fa piacere.

- Oh, è una stanza molto bella - precisò Vaniglia guardandosi intorno - però credo di preferire la serra…

- Dovremo fare i compiti, leggere e scrivere? - chiese Shirley visibilmente agitata.

- Dovrete imparare a essere streghe - rispose Tomelilla in modo gentile.

- Ma siamo solo tre, chi si siederà negli altri posti? - chiese Vaniglia, avvicinandosi ai banchi. Su ciascuno era scritto un nome. - Flox Pollimon!…

Grisam Burdock!... Vaniglia Periwinkle: questo è il mio! Significa che verranno anche loro alle nostre lezioni, zia Tomelilla?

- È esatto, sì. Non a tutte, ma qualche volta verranno anche loro.

- E come mai sul banco di Flox ci sono già i libri?

- PERCHÉ OGGI È UNA DI QUELLE VOLTE, STREGHETTA SCIMUNITA CHE NON SEI ALTRO! - esclamò Flox Pollimon sbucando dalla porticina con un gran salto.

- FLOX!

- Proprio io, in persona, cappello e divisa. Come sto?

- Come un merlo sotto un ombrello - dichiarò Pervinca sedendosi al suo posto. Tomelilla alzò gli occhi al cielo, ma Flox non si scompose, era abituata al sarcasmo di Vì.

- Come sei arrivata fin qui? - chiese Babù.

- Mi ha accompagnato zia Ortensia. Ehi! Tu devi essere Shirley "Mistero" Poppy! Babù non fa che parlare di te. Finalmente ti conosco. Ciao! - Flox strinse la mano alla bambina dai capelli rossi con tanto entusiasmo che Mr Berry cadde dalla spalla.

Flox si chinò a raccoglierlo.

- Ehi, belle le vostre calze! - commentò. - Qualche volta potremmo scambiarcele…

- NEMMENO PER SOGNO! - intervenne Tomelilla saltando sulla sedia. - Quelle sono le calze di Botanica! Servono a mimetizzarvi quando andrete a raccogliere i fiori nel vostro prato. È molto importante che lombrichi, coccinelle, api e farfalle non vengano disturbati dalla vostra presenza! Per questo ciascuna di voi ha ricamati i fiori del proprio giardino, o campo, o che so io…

Si alzò e con una bacchetta indicò la terza materia sulla lavagna:

Incantesimi 1. Ingredienti base e il loro approvvigionamento.

Poi continuò: - Le creature che ho appena citato sono molto preziose per le piante. Perciò, durante i compiti a casa, terrete addosso le VOSTRE calze. Ora, per favore, che tutte le apprendiste prendano posto: cominciamo.

Le bambine si sedettero ai loro banchi.

- Non deve arrivare nessun altro? - chiese ancora Babù.

- Non oggi, cara. Non oggi - la rassicurò la zia, aprendo il registro. Babù si lasciò sfuggire un so-

LEZIONE NUMERO 1

✳ Magia 1:

Il Magico Regolamento delle Streghe.

art. 1:
È fatto divieto a maghi e streghe di usare
i poteri magici per interferire in faccende umane
se non dietro regolare permesso scritto o in casi
di effettiva necessità e solo a fin di bene.

art. 1/bis:
È fatto divieto a maghi e streghe
minori di 25 anni di usare poteri magici a scuola
o per alterare il reale andamento scolastico.

art. 1/tris:
È fatto divieto a maghi e streghe minori di 18 anni
di effettuare incantesimi di trasformazione
su esseri umani, siano essi Magici o Nonmagici.

✳ Geografia 1:

I confini della Valle e le zone proibite

✳ Incantesimi 1:

Ingredienti base e il loro approvvigionamento

spiro. Se era arrivata Flox, non era giusto sperare che arrivasse anche Grisam?

Tomelilla chiese alle bambine di osservare con attenzione gli oggetti che avevano sul banco:

- tre libri, uno per ciascuna materia del giorno
- della mussola pulita
- un vasetto di vetro scuro
- un paio di piccole cesoie
- guanti da giardinaggio
- due quaderni, uno a righe e uno a quadretti
- una matita
- sacchetti di stoffa di vari colori e dimensioni
- un retino
- un metro per misurare
- una valigetta rossa con maniglia e tracolla
- una scatola sigillata.

Sorprese belle e brutte

- *C*osa c'è qui dentro? - chiese Flox scuotendo forte la sua scatola.

- Immagino che adesso ci sia un regalo rotto! - sospiro Tomelilla. Flox tagliò il cordino e aprì la scatola.

- Niente regalo, solo un biglietto.

C'era scritto:

Immaginando cosa avresti fatto alla scatola,
ho trasferito il regalo di Tomelilla in camera tua.
Te lo darò quando rientrerai.

Tua zia Ortensia

- Uff, peccato - brontolò Flox.

- Nella mia invece c'è una bussola! - disse Vaniglia.

- Però non è come quella di Capitan Talbooth! - com-

mentò, rigirando fra le mani il piccolo oggetto d'oro.
- Non ha i punti cardinali, ma solo una casetta!

- Infatti. E riesci a leggere cosa c'è scritto sotto la casetta? - chiese Tomelilla.

- Sì, dice: *"Il posto giusto al momento giusto"*... Cosa significa?

- Significa che al momento opportuno potrai scegliere se seguire la direzione che indicherà la casetta, che di sicuro sarà la più giusta, oppure se fare di testa tua.

- Oh, la casetta è sparita! - esclamò Babù.

- Buon segno! Sei, senza ombra di dubbio, "al posto giusto nel momento giusto"! - disse Tomelilla, quasi congratulandosi con se stessa. - E questo è tutto quello che devi sapere della tua bussola. Ora, a te, Shirley! Non apri la tua scatola?

Dopo qualche istante d'esitazione, Shirley Poppy aprì il suo regalo: come sollevò il coperchio della scatola, avvampò fino alle orecchie!

- Cos'hai trovato? - chiese Vaniglia incuriosita. Mr Berry, che si era sporto per vedere, perse l'equilibrio e scivolò nella tasca della padroncina.

- Allora, cos'è? - incalzò Flox. Shirley però sembrava non sentirle.

Poi, a un tratto, come ipnotizzata tirò fuori il misterioso oggetto...

- Per tutti i draghi del reame! UNA PENNA D'O-CA! Pensavo che ci fosse un dinosauro in quella scatola! - commentò Pervinca col solito sarcasmo.

- Non è una penna d'oca, signorina! - puntualizzò Tomelilla. - È una penna di gufo reale. Del Re dei gufi reali, per l'esattezza! È rarissima! Provala, Shirley, non lasciarti impressionare...

Shirley non si mosse e continuò a fissare impietrita la candida penna che aveva nella mano. Tomelilla le parlò di nuovo.

- Intingila nell'inchiostro e traccia alcune righe sul foglio, così vedrai se scrive bene...

Lentamente, Shirley aprì uno dei quaderni, intinse appena la penna nel calamaio e trattenendo il respiro disegnò un bellissimo gufo.

- Grazie, funziona benissimo - disse riponendo in fretta l'oggetto nella bella scatola di legno. - Non ho mai avuto una penna...

Pervinca scosse la testa sconcertata. Poi si preoccupò del suo regalo.

- Splendido! Io ho trovato una bussola rotta! - esclamò.

- Ne sei proprio sicura? - chiese Tomelilla. - Fammi vedere…

- È simile a quella di Babù, ma il quadrante è tutto nero e non si vede niente...

Tomelilla sorrise. - Non è rotta - disse. - È solo troppo presto. Provala di nuovo stasera, quando il sole sarà calato…

- Vuoi dire che questa bussola funziona solo al buio? - chiese Pervinca.

- Voglio dire che se la guarderai stasera, quando staranno sorgendo le stelle, avrai una sorpresa.

- In altre parole, devo aspettare! - esclamò Vì, tornando al suo banco e lasciandosi cadere sulla sedia. - Che bella novità! Devo aspettare per volare, aspettare per usare la bacchetta magica, aspettare per la sorpresa…

- Quale bacchetta magica? - esclamò Tomelilla meravigliata. - Di cosa stai parlando?

- Quella che abbiamo trovato nella tasca della divisa e che "non possiamo toccare"! - rispose Pervinca, facendo la vocina ironica.

- Vuoi mostrarmela, per favore? Anzi, NO! ASPETTA! Non toccarla… vengo io.

Tomelilla fece il giro della scrivania e si avvici-

nò a Pervinca. Osservò con cautela l'oggetto che spuntava dalla tasca e poi, sottovoce, proferì alcune parole magiche. La bacchetta vibrò, si sollevò in aria e andò a posarsi sul banco della bambina.

- Non so nulla di questo - disse seria Tomelilla. - Chi altro ha trovato un oggetto simile?

Babù alzò la mano. Di nuovo, Tomelilla proferì le parole magiche e la bacchetta di Vaniglia andò a posarsi sul banco insieme all'altra. Passarono alcuni istanti di silenzio, durante i quali Tomelilla studiò i due misteriosi oggetti.

- Le streghe e i maghi di Verdepiano non usano bacchette magiche - disse infine. - I nostri poteri sono dentro di noi. Evidentemente, chi ha messo queste nei vostri vestiti non lo sapeva.

- Volete dire che qualcuno è entrato nella camera delle bambine… STANOTTE? - domandai. - OH, FATASTUPIDA! FATASTUPIDA! FATASTUPIDA! STUPIDISSIMA FATASTUPIDA! TUTTA COLPA TUA, TUA, TUA, TUA, TUA… - gridai saettando di qua e di là infuriata con me stessa!

Avevo lasciato le bambine sole e qualcuno ne aveva approfittato.

- Stupida! Stupida! Stupida!

- Smettila, Felì! Fermati! Non è colpa di nessuno. Probabilmente sarebbe successo lo stesso! - disse Tomelilla. - Adesso è importante capire chi! Chi e perché ha messo queste bacchette. Perciò, calmati!

L'indulgenza della mia strega mi fece sentire anche peggio: era accaduta una cosa così grave che la mia stupidità passava in secondo piano. Ed era accaduta per colpa mia! Sprofondai in un umore nero, e andai a nascondermi nella tasca di Vaniglia.

- Se le intenzioni erano di ferirci - chiese Pervinca - perché quel biglietto " NON TOCCARE"?

- Perché non c'è come dire a un bambino di NON fare qualcosa per invogliarlo a fare il contrario! - rispose Tomelilla, tornando con passo deciso verso la scrivania. - Chiunque sia stato, deve conoscere i bambini molto bene… E questo ci porta diritti all'argomento "Le zone proibite della Valle".

- Esistono luoghi proibiti da queste parti? - chiese stupita Pervinca. - Interessante…

- Come volevasi dimostrare! - borbottai dalla tasca.

- Appunto. Perciò non fare la faccetta divertita,

ragazzina - brontolò la zia. - Probabilmente se avessi toccato quella bacchetta, saresti stata trasformata in un mostro, o peggio! Così come se andrete in una delle zone che dirò adesso, rischierete la vostra vita. La Rocca di Arrochar... volevi sapere di questo, Pervinca, giusto? Ebbene è il luogo più pericoloso. Lassù, il Terribile 21 porta i suoi prigionieri e con tutti i mezzi prova a piegarli alla sua volontà. Chi accetta di allearsi con lui torna sotto nuove vesti al villaggio, per seminare zizzania e creare guai.

- E chi non accetta? - chiese Shirley timidamente.

- Chi non accetta... Be', di questo parleremo un'altra volta. Ora, ricordate bene queste zone: numero 1, la Rocca: non vi avvicinerete a lei per nessuna ragione! Numero 2, i giardini del vecchio Municipio: non entrateci mai. Numero 3, il vecchio cimitero celtico: statene alla larga...

- Lo avrei fatto comunque! - commentò Babù.

- Numero 4, il faro di Aberdur: da questo momento è vietato avvicinarsi. Numero 5, la spiaggia di Arran: non potrete più frequentarla dopo il tramonto - concluse infine Tomelilla.

- Ma i granchi escono alla sera - si lamentò Vaniglia. - Come farò a dar loro da mangiare? Mi aspettano…

- Mi dispiace, Babù, ma da adesso queste zone sono ad alto rischio. Ora andate. Continuerete la lezione di botanica nel giardino dei profumi dei Burdock. Felì vi accompagnerà. Io devo assolutamente capire qualcosa di più di queste bacchette. Del Magico Regolamento parleremo la prossima volta!

Mentre le bambine ordinavano le loro cose nella valigetta rossa, Tomelilla fece segno di avvicinarmi.

- Non le perderai di vista un solo istante. Intesi, Felì? - disse sottovoce. - Avviserò i Burdock che state arrivando. Alla fine della lezione ti assicurerai che il signor Poppy, il padre di Shirley, sia fuori ad attenderla. Dopodiché, accompagnerete a casa Flox e tornerete immediatamente qui.

- State tranquilla, strega Tomelilla, farò come dite - dissi con voce da soldato. E aggiunsi: - Devo perciò credere che il Terribile 21 sia diventato pericoloso anche di giorno?

- È possibile. I segni sono gli stessi degli attacchi passati, ma il comportamento del nostro Ne-

mico è strano… molto, molto strano…

Tomelilla riprese a osservare con attenzione le due bacchette senza più parlare.

- Andiamo, bambine! - dissi piano.

Il segreto della Rocca

Quando sbucammo dal corridoio, la luce del giorno ci venne incontro abbagliandoci. Era una bella giornata di sole.

- Andiamo vestite così? - chiese Pervinca storcendo il naso.

- Potete togliere i cappelli - dissi. - Ma la divisa dovete tenerla. Anche Grisam indosserà la sua.

- Ci sarà Grisam? - chiese Babù, accendendosi di rosso. Girò sui tacchi e corse di sopra. - Aspettatemi, torno subito!

Quando ridiscese, notai che si era pettinata.

- Possiamo andare! - disse.

Fuori dalla porta, fata Fidiven aspettava Flox.

- Vengo con voi - annunciò. - Di questi tempi, più si è e più sicuri si va!

- Molto bene! Allora, andiamo?

Sulla strada verso il giardino, raccontai a Dodicisofficisoffidivento delle bacchette e dei guai che la mia imprudenza di quella notte aveva causato.

- Pensi che sia entrato dalla finestra? - mi chiese.

- Be', la porta era chiusa a chiave, invece la finestra era... ah, se ci ripenso, m'imprigionerei in una gabbia per sempre. Come ho fatto a essere così ingenua? Eppure eravamo proprio lì davanti...

- Avete dei sospetti?

- No, no, nessuno. Ma chiunque sia stato doveva sapersi arrampicare svelto - dissi.

- Forse si è reso invisibile - suggerì Flox. - E invece di arrampicarsi, ha volato!

- Io so solo che stanotte dormo nel lettone con papà e mamma! - annunciò Babù.

- Non ce ne sarà bisogno, tesoro. Stanotte, e tutte le notti che verranno, veglierò su di voi ogni minutoistante e la finestra verrà chiusa dall'incantesimo di una fata!

- Ma ti verrà sonno, prima o poi. Anche le fate dormono, ti ho vista! - disse Pervinca.

- È vero, ma possono decidere di non farlo se

lo desiderano, e senza alcuna fatica - spiegai.

- Anche le streghe hanno questo potere? - chiese Vaniglia. - Perché se ce l'hanno, non dormirò neppure io. E quando qualcuno tenterà di entrare in camera nostra, lo trasformerò in… in un colibrì! - disse.

- Brava! E io lo incenerirò! - le fece eco sua sorella.

- PERVINCA! - esclamai. Ero esterrefatta.

- Oh, tanto non servirà, perché io l'avrò già trasformato in un uccellino innocuo - continuò Babù.

- Già, ma potrebbe ritrasformarsi e allora è meglio che io lo finisca prima!

- RAGAZZE! - protestai di nuovo.

- Figurati! Non riusciresti a incenerire un colibrì, ti farebbe troppa pena…

- Sciocca che sei, non sarà un vero colibrì, sarà il Nemico e…

- BASTA COSÌ! - gridai. - Nessuno incenerirà nessuno! Ci mancherebbe altro. Quando torniamo a casa, voglio che rileggiate il Magico Regolamento e lo impariate a memoria. I poteri sono una cosa seria e non frecce da scagliare contro chi vi pare. Inol-

tre, le streghe non hanno il potere della veglia eterna. Sono essere umani, come i maghi. E hanno bisogno di mangiare e dormire esattamente come i Nonmagici, dovreste saperlo.

- Perché, invece voi cosa siete, Felì? - chiese Shirley, che non aveva una fata baby-sitter.

- Le fate sono creature magiche! - affermai un po' troppo bruscamente. Si capisce, ero ancora sottosopra per le parole che avevo sentito… Incenerire, finire… che stravergogna!

- E vivete in eterno? - chiese ancora Shirley.

- Ecco, viviamo molto più a lungo degli uomini… - intervenne Fidiven con voce gentile.

- Lei ha 1435 anni! - esclamò Flox orgogliosa. - Infatti è molto saggia e ne ha viste di tutti i colori. Vero, Fidiven?

- Sei stata anche alla Rocca di Arrochar? - chiese Pervinca.

- Come mai questa domanda?

- Tomelilla ne ha parlato oggi alla lezione… - dissi.

- Oh, capisco, le zone della Valle che la Somma Assemblea ha dichiarato "proibite". Be', Arrochar è senz'altro una di queste!

- Fa paura come dice la zia? - chiese Vaniglia.

- Paura? Oh, sì, fa anche molta paura. Ma c'è qualcosa di peggio della paura, qualcosa che si prova solo vicino a quella terribile torre.

- Peggio della paura? Cosa può esserci di peggio?

- Per quanto possa sembrarvi incredibile, la paura non è poi un sentimento così cattivo: avverte del pericolo e può salvarti la vita, a volte. Quel che provi salendo alla rocca, invece, la vita te la ruba!

Le bambine trasalirono.

- Come fa una Rocca a... a rubare... la vita? - chiese Pervinca.

- È un modo di dire, Vì. Significa che... - Fidiven m'interruppe. - È una domanda giusta - disse - e se la sono posta in molti, ma è un mistero, il più antico mistero della Valle. Succede che, mentre sali verso la Rocca, qualcosa ti entra nel cuore, una specie di amore nei suoi confronti. Un'attrazione irresistibile che ti spinge a salire, salire sempre di più. Il sentiero è irto e spinoso, e nell'ultimo tratto grossi massi ostacolano la via. Eppure chiunque abbia intrapreso quella strada è arrivato fino in fondo e non ha fatto più ritorno. Per questo la Rocca deve farvi paura.

- Tu però sei tornata!

- Ehi! Lei è Fidiven! La fata più forte e coraggiosa del mondo e...

- Sono una fata e questo basta, mia cara Flox. Infatti, le creature magiche sono immuni al richiamo della Rocca.

- La prossima volta nasco fata! - brontolò Babù.

Quando arrivammo dai Burdock, le bambine stavano ancora raccontandosi della Rocca e di tutte le volte che si erano avvicinate, chi più, chi meno.

Marta Burdock ci aspettava sulla porta della Bottega delle Delicatezze. Il giardino dei profumi era lì accanto.

Un cuore trema

- Venite, Duff e Grisam sono già nel giardino - disse la signora Marta. Babù arrossì fino alle orecchie e Flox lo notò.

- Tieniti forte! - le sussurrò nell'orecchio, dandole una piccola spinta per canzonarla. Fu una spintarella gentile, ma bastò a creare la tragedia: Babù, che per l'emozione mal controllava le gambe, inciampò nel gradino e planò dritta dritta ai piedi di Grisam Burdock.

- Hai perso qualcosa? - le chiese il maghetto per prenderla in giro. Se la dignità e la voglia di vivere si possono definire "qualcosa", Vaniglia era sicura d'aver appena perso entrambe. Abbozzò un sorrisetto e si tirò su. Aveva le ginocchia, il mento e i palmi delle mani sporchi di prato. Flox si scusò con lei e l'aiutò a risistemarsi, ma Babù la spinse via e le tenne il muso per il resto della giornata. Se solo si fosse accorta di quanto era goffo Grisam nella divisa da mago!

- Era di zio Duff. La mamma ha detto che domani mi fa l'orlo... - aveva provato a giustificarsi lui al nostro arrivo. «Altro che orlo» avevo pensato io. La tunica strisciava per terra per oltre due spanne e Grisam doveva tenerla sollevata con una mano per non inciamparvi dentro.

Era davvero molto buffo!

La signora Burdock arrivò con un paio di stivali per le bambine. Erano decorati con le erbe e le essenze del loro giardino.

- Meglio che copriate i vostri calzettoni con questi - disse. - Le coccinelle di qui sono molto suscettibili.

Grisam ne indossava un paio simile, ma poiché la sua tunica li copriva per buona parte, intorno a lui era tutto un gran saltare di grilli e svolazzare di farfalle e coccinelle arcinfuriate. Peccato che Babù non lo notasse, perché si sarebbe sentita meglio.

Duff chiese alle bambine di tirare fuori dalla valigetta le piccole cesoie e i guanti da giardiniere. Poi diede un cestino a ciascuno.

- Babù e Shirley raccoglieranno la camomilla - disse. - Cercate i fiori appena sbocciati o ancora in boccio, scrollate i capolini per allontanare gli insetti e raccoglieteli in mazzetti piccoli, così che le erbette possano respirare.

- Grisam, tu aiuterai Pervinca a tagliare le foglie della consolida e a raccogliere i rametti di abrotano. Mi raccomando, che le foglie siano fresche e intatte. Le troverete nell'angolo laggiù.

- A cosa servono i rametti di abrotano? - chiese Pervinca.

- La mamma li fa seccare e poi li mette nei cassetti fra le lenzuola - spiegò Grisam. - Dice che allontanano le tarme. Zio Duff invece li usa per cucinare un intruglio schifoso che beve prima di trasformarsi in mostri orribili.

- L'hai assaggiato?

- Non posso. È vietato trasformarsi prima dei diciotto anni. A meno che… ecco, si sia in pericolo e non ci sia altra scelta. Come è successo a te. Hai avuto paura?

- Solo un po'… Be', un po' tanto - rispose Pervinca con un sorriso.

- Secondo me sei stata molto coraggiosa. Vie-

ni, ti faccio vedere dove sono le "nostre" foglie…
- disse Grisam prendendo Vì per mano.

I due ragazzi si allontanarono insieme ridendo
e scherzando, e Vaniglia li seguì con gli occhi finché
non scomparvero dietro a un grande rododendro.

- Flox… dov'è Flox? - chiese Duff Burdock guardandosi intorno.

- È qui - rispose Fidiven dall'altra parte del giardino. - E se non intervenite voi, signor Duff, non
credo risucirò più a farla alzare da questo posto.

- Fffft, fata fpia! Fto vaffovienvo anf'io, no?! - si
sentì sussurrare. Sembrava che Flox avesse la bocca piena.

- Ah sì, e cosa stai raccogliendo? - chiese Duff,
intuendo già la risposta. Flox era sdraiata tra le
fragoline di bosco.

- Più che raccogliere, tu mangi, piccola Pollimon!
Vieni ad aiutarmi, invece. Dobbiamo trovare la stel-
lina odorosa e la regina dei prati, la *Filipendula
ulmaria*, per intenderci.

Approfittando della presenza vigile del signor
Burdock, Fidiven e io andammo a sederci su un
ramo di tiglio e, in silenzio, osservammo il pomeriggio trascorrere sereno nel giardino assolato dei

Burdock. Com'era distante l'atmosfera tempestosa della notte passata! Che il Nemico se ne fosse andato?

In cuor mio ci stavo giusto sperando, quando un tuono e poi un altro ci fecero sobbalzare.

- Perlefatedistrizzablù! - esclamai. Fidiven e io ci precipitammo verso le bambine, ma proprio in quel momento un terzo tuono passò accanto al muretto del giardino. Tirammo un sospiro di sollievo.

- È solo Primula Pull che porta a spasso il suo singhiozzo - sbuffò Fidiven, rimettendosi comoda. Già, "solo" Primula Pull. Il suo singhiozzo tremendo spazzò via la mia speranza: se lei lo aveva ancora, significava che il Terribile 21 non se n'era andato. Anzi, era vicino e forse anche pronto per un nuovo attacco.

Povera signora Pull. E poveri noi!

Un "sussurreeezzo"
di Quercia

Alle cinque, la signora Marta arrivò con un vassoio colmo di dolcetti e bibite fresche. I ragazzi si tolsero i guanti e le corsero intorno. Tutti tranne Babù, che venne a sedersi sotto il nostro tiglio.

- Fra quanto ce ne andiamo? - chiese, buttandosi a sedere per terra.

Non ne poteva più, poverina. Per tutto il giorno, Grisam aveva avuto occhi solo per Pervinca: insieme avevano fatto a gara per salire sull'albero più alto e poi a gara per saltare giù. Avevano riso e chiacchierato tutto il tempo e lui non aveva mai smesso di guardarla. Durante la raccolta, le aveva spesso sfiorato la mano e una volta le aveva anche cinto le spalle con un braccio e si era congratulato con lei per la forza e l'agilità che sapeva dimostrare. "Quasi come un maschio!" le aveva detto Grisam. Il più bel complimento che un ragazzo possa fare a una ragazza!

Eh sì, il cuore di Babù tremava forte…

Lasciammo il giardino dei profumi dopo più di un'ora, un'interminabile ora per Babù. Fuori del negozio, il signor Poppy aspettava Shirley seduto con Barolo sul calesse, dietro alla cavallina Bess. Salutammo Shirley e proseguimmo verso la casa di Flox.

Stavamo giusto per lasciare la Piazza, quando Quercia Fatata ci sbarrò la strada con un ramo.

- Oh, ciao, Quercia. Come stai? Sai, vorremmo tanto fermarci a chiacchierare con te, ma siamo in ritardo per la cena… - dissi. Lei non mi ascoltò.

- Iiio sooo segreeeti cheee voooi nooon sapeeete! - tuonò con quel suo vocione.

- Ti è stato detto più e più volte che non sta bene spettegolare! - la rimproverai.

- Ooooh, ma il miiio nooon è uuun petteee-goleeezzo. Piuttooosto, un sussurreeezzo!

- Cos'è un sussurrezzo? - chiese Vaniglia arricciando il naso.

- È un pettegolezzo sussurrato e non sta bene lo stesso - dissi.

- Meeeglio che urlaaato, nooo?! Veeeniiite piuuù viciiine che deeevo sussurraaare… Duuunqueeee, duuue gioooorni faaa, l'ammaaazza-boooschi si è allooontanaaato da caaasa…

- Basta così, Quercia! Urlato, detto o sussurrato, un pettegolezzo è sempre una brutta cosa. Ora andiamo, per favore….

- Maaa l'ammaaazza-boooschi…

- Il tagliaboschi McDoc è un mago come si deve, Quercia. Non ammazza nessuno, taglia gli alberi malati e quelli morti, e qualunque cosa abbia fatto, sono certa che avesse le sue ragioni.

- Siiì, ragiooone ne haaa, ma suuua moooglie di piuuù ne haaa…

- Addio, Quercia. Ce lo dirai un'altra volta - dissi a quel punto con fermezza.

Quercia ritirò il ramo e ci lasciò passare bofonchiando qualcosa che non ascoltai. Da qualche tempo parlava più del solito ed era diventata così len-

ta che per fare quattro chiacchiere con lei dovevi prendere una vacanza. Inoltre, vivendo al centro del villaggio, sapeva tutto di tutti e da alcuni mesi le era venuto anche il vizio di spettegolare.

E questo proprio non lo sopportavo.

Caccia alla luce

Una volta a casa, le bambine salirono in camera e io raggiunsi Lalla Tomelilla in giardino.

- È andato tutto bene? - mi chiese, vedendomi arrivare.

- Tutto bene, sì. A parte…

- A parte? - Tomelilla smise di tagliare le rose.

- Credo che Vaniglia abbia qualche dispiacere di cuore - dissi.

- Grisam Burdock?

- Già. Temo che Babù se ne sia innamorata, ma Grisam… ecco, sembra nutrire più interesse per Pervinca.

- E Pervinca ricambia questo interesse?

- Credo proprio di sì.

- Capisco. Dì loro di prepararsi per la cena, per favore. E di portare giù un maglione nero e pesante.

Tomelilla aveva qualcosa in mente e io tremai, temendo di sapere di cosa si trattasse.

A cena, Babù mangiò appena e sua zia se ne accorse.

- Avete i vostri maglioni con voi? - chiese alle bambine.

- Sì, ma non fa così freddo. Dobbiamo indossarli lo stesso? - chiese Pervinca.

- Non qui, fuori! Mangiate la torta che poi usciamo a cercarlo!

- Cercare chi?

- Il maschio di lucciola!

Lo sapevo, l'avevo capito dal suo sguardo che si trattava di questo. Non mi piaceva quel tipo di caccia. Agli animali non succedeva nulla, ma si spaventavano.

- Oh no, dobbiamo proprio? - chiesi.

- Dobbiamo sì - rispose Tomelilla alzandosi dalla sedia.

- Io non vengo!

- Certo che vieni, Sefelicetusaraidirmelovorrai. Ci servi per attirarlo.

- Obbligarmi è un abuso! - dissi. - Non si chiama una fata col suo nome solo per imporle di fare da

esca a una caccia stupidissima!

Mentre uscivamo in giardino, sperai che tutti gli animali si fossero trasferiti altrove. Invece, il prato era più vivo che mai! I grilli dovevano aver sfidato le rane in una gara di canto: queste infatti gracidavano a pieni polmoni e i grilli avevano chiamato anche gli amici lontani per tenere testa alle rane. Era difficile dire chi stesse vincendo in quel baccano!

Sopra di loro, fra le piante, danzavano silenziose migliaia e migliaia di piccole luci.

- Felì, comincia a segnalare - sussurrò Tomelilla. - Io tengo aperto il barattolo.

- Non è giusto!

- Muoviti!

Mi appostai dietro a un'azalea e cominciai a mandare bagliori di luce rapidi e brevi. Per i maschi delle lucciole, quello era il segnale di adunata.

Poco dopo infatti, li vidi arrivare tutti verso di me. Quando furono abbastanza vicini, Tomellia sbucò fuori dal cespuglio e ne intrappolò uno nel barattolo. Il poverino emetteva un frenetico segnale d'aiuto.

- Adesso fate in fretta - dissi seccata.

Il faro di Aberdur

Edgar Poppy

I nostri
amici
Pollimon:

Bernie
Rosie
Zia Ortensia
Flox

Manca la foto
di fata Fidiven

Famiglia Pollimon

La famiglia
di Duff

In alto
Marta e Vic,
i genitori
di Grisam,
del quale
abbiamo
la bella foto
nella pagina
accanto.
E qui a lato,
il nostro Duff.

Vic e Marta
sono anche
i proprietari
della Bottega
delle Delicatezze.

Famiglia Burdock

Il nostro Sindaco,
signor Pancrazio Pimpernel
unico erede della prestigiosa
dinastia.
Accanto a lui sua moglie
Adelaide in una foto
di alcuni anni fa
(probabilmente ritoccata)
e sua figlia Scarlet.
Nell'ovale un avo
del signor Pimpernel

Famiglia Pimpernel

La casa del Sindaco Pimpernel

Per tradizione, ogni anno,
il 21 di giugno, il Sindaco
e la sua famiglia celebrano
il Solstizio d'Estate
con una cena di gala
alla quale nessun bambino
vuole mai partecipare
perché la casa fa un po' paura...

Edgar Poppy

Frontebosco

Shirley Poppy con Mr Berry
il primo giorno a casa nostra

Edgar Poppy

La fattoria in un quadro dipinto dal papà
di Shirley, il signor Edgar Poppy, stimato pittore
di Fairy Oak. Possediamo diversi quadri
del signor Edgar e in questo album ho messo
quelli che amo di più...

Pervinca durante l'interrogazione di scienze
in una foto scattata di nascosto da Flox

La Scuola
Horace McCrips

Edgar Poppy

Il Nemico

21 giugno

Vi

Babù

Tomelilla mostrò il barattolo alle bambine:

- Solo i maschi delle lucciole volano. Imparate a capirne il linguaggio e avrete utili alleati nei momenti di pericolo. Osservate bene l'intermittenza dei suoi segnali: sta avvisando gli altri di fuggire. Quando rivedrete questo segnale, fuggite anche voi. Capito?

Tomelilla lasciò qualche istante alle bambine per memorizzare la sequenza dei bagliori. Poi aprì il barattolo. L'insetto si lanciò fuori e io evitai per un soffio che mi venisse addosso.

- Benissimo, adesso ho un nemico in più! - dissi. - Possiamo rientrare o dobbiamo torturare qualcun altro?

- Oh, sì, prendiamone un altro! - pregò Vaniglia. Le piaceva guardare gli animali da vicino, soprattutto quelli che non conosceva.

- Niente più torture, ma non rientriamo, non ancora - disse Tomelilla. - C'è un'altra cosa che dobbiamo fare: Pervinca hai qui la tua bussola?

Vi porse alla zia un astuccio di lino rosso.

- Non darla a me. Guardala!

Pervinca tirò fuori il piccolo oggetto e con meraviglia scoprì che il quadrante si era trasformato in

un cielo di stelle che vibravano come le piccole gemme sopra le nostre teste.

Valeva la pena aver aspettato!

- Questa bussola orienterà il tuo volo quando le nuvole e la tempesta ti proibiranno di vedere il cielo e la strada di casa... - spiegò Tomelilla.

Pervinca fissò la bussola per alcuni istanti, commossa. Poi, come ricordandosi qualcosa, d'improvviso spalancò gli occhi:

- Io non so volare! - esclamò.

- Sei una strega! Tutte le streghe sanno volare! - disse Tomelilla, con gli occhi a punto interrogativo per quell'improvvisa rivelazione.

- No, no. Dico sul serio. Stamattina ho fatto una prova e se non fosse stato per Babù, finivo dritta nell'armadio!

- Stamattina era stamattina. Prova adesso!

- Sì, così questa volta cado nel roseto o fra le ortiche... No, grazie!

Pervinca fece un inchino e s'incamminò verso la casa.

- Prova... - insistette la zia.

- Se te lo dice lei, puoi fidarti - intervenni io.

Pervinca si fermò.

- Provo solo se Babù si mette davanti a me come ha fatto oggi - disse. Vaniglia accennò uno strano sorriso.

- E chi ti dice che abbia voglia di farlo?

- Nessuno!

- Allora lo faccio - disse Babù prendendo posto nel prato. Pervinca si allontanò di qualche metro.

- Dove vai? - chiese Tomelilla.

- Prendo la rincorsa!

- Ma quando mai! Non c'è bisogno di alcuna rincorsa! Alzati e vola, su!

Pervinca tirò un lungo sospiro, chiuse gli occhi e…: - Volo? Sto volando? - chiese senza guardare.

- Apri gli occhi, scema, e guarda da te - le gridò Babù ridendo.

Pervinca era a due metri d'altezza e fluttuava nell'aria come una lucciola.

- VOLO! VOLOOO! - urlò al colmo della gioia.

Le grida delle bambine attirarono mamma Dalia in giardino.

- Vieni a vedere, tesoro, Vì sta volando! - gridò allegramente rivolta al marito. Cicero si precipitò fuori.

- Per tutte le creature magiche di questo regno in-

diavolato! Cerca di non farti male, bambina!

- Non preoccuparti, papà, è facilissimo! - lo tranquillizzò Pervinca. - Vieni, Babù!

- Anche Babù vola??? - Cicero barcollò. - Che famiglia mi sono ritrovato!

- Stanno crescendo, amore mio, e non possiamo farci niente - lo consolò mamma Dalia, prendendolo affettuosamente sotto braccio. - Dispiace anche a me, sai, ma è nella natura delle cose che le nostre bambine crescano…

- Ed è davvero facile, volare. Guardami, pà! - Vaniglia provò a sollevarsi, ma i suoi piedi non si mossero di un centimetro. Riprovò ancora e poiché non succedeva nulla, interrogò la zia con sconcerto. - Io so volare, perché non mi sollevo?

- Perché è notte, bambina mia, e tu sei una Strega della luce.

Vaniglia rimase per un momento senza parole. Poi, osservando sua sorella volteggiare fra i rami degli alberi, sussurrò:

- Vuol dire che non potrò mai volare con lei?

- Potrai - rispose calma Tomelilla. - Quando sarai un po' più grande e avrai compreso meglio il potere della nostra magia. Che è grande, Babù, più

di quanto tu possa immaginare.

Vaniglia osservò di nuovo sua sorella e questa volta aveva gli occhi colmi di nostalgia. Seduta sulla sua spalla, la sentii respirare profondamente e poi dire sottovoce: - È la cosa più bella che possiamo fare, e non possiamo farla insieme...

D'istinto, ripensai a quelle dodici ore che le avevano separate alla nascita: il destino aveva voluto renderle diverse fin dal primo giorno. Poi, per alcuni anni, aveva permesso che le loro vite corressero parallele. Adesso, di nuovo, le stava dividendo. Erano due persone identiche, con opposti poteri: luce e buio, come due volti della stessa medaglia, unite e separate per sempre. Perché?

La risposta venne, ma molto più tardi. In quel momento, mi limitai ad accarezzare i capelli di Vaniglia, in silenzio.

La domenica a Fairy Oak

*L*a domenica mattina, a Fairy Oak accadeva che i pescatori del villaggio lasciassero, sui gradini delle porte di casa, un cestino di pescato fresco; i mugnai, un bastone di pane fragrante; i lattai, una pinta di latte appena munto; le nonne, una fetta di torta fatta in casa; la fioraia, un mazzolino di fiori profumati; i contadini, un sacchetto di frutta e un pacchetto di uova tiepide; i falegnami, una molletta per stendere, nella quale avevano intagliato il volto di uno di loro, un abitante della Valle: così che il bucato steso somigliava a una piccola Fairy Oak.

Mi piaceva la domenica mattina.

Le bambine, appena alzate, correvano a prendere i doni sulla porta, mentre mamma Dalia e Tomelilla preparavano la colazione. Ma chiamarla colazione era poco: un pranzo, piuttosto. Che co-

minciava col dolce e finiva col salato. Al signor Cicero spettava il compito di cucinare le crèpes, perché in fatto di crèpes era un maestro! Le faceva saltare in aria senza farle cadere: una, due, tre, anche quattro volte! Era uno spettacolo! E indovinate a chi toccava recuperare quelle che finivano spiaccicate al soffitto? Ma erano poche.

Quella prima domenica dopo l'attacco, ci aspettavamo di non trovare nulla. I cittadini di Fairy Oak erano rimasti quasi sempre in casa e anche i pescatori avevano limitato le loro uscite notturne. Capitan Talbooth a parte. Nessuno gli avrebbe mai impedito di salpare sul *Santuomo* alla luce della luna. "Nemmeno il peggiore dei draghi infuocati" diceva sempre. "La notte si pesca bene e nessuno rompe le scatole".

E infatti: sui gradini davanti alla porta, Vì e Babù trovarono un cesto di pesci freschi e con nostra sorpresa anche le uova e la torta e i fiorellini, il pane caldo e la molletta per il bucato nella quale era stato intagliato il papà di Grisam.

Infilato in un cestino, Tomelilla trovò un biglietto.

- È di Duff. Dice che deve parlarci e che verrà verso l'una.

Il signor Cicero aprì il frigo e prese altre uova per

la pastella. - Goloso com'è, bisognerà fare doppia razione di crèpes! - brontolò.

- E io andrò a prendere quelle che rimangono su... - disse Vaniglia volando a toccare il soffitto con un dito.

- A te l'onore - risposi facendole un inchino. - Pervinca dov'è?

- Sta scrivendo un contro-Magico Regolamento - annunciò Vaniglia addentando un biscotto. - Dice che quello che c'è è sbagliato, e io sono d'accordo con lei.

- Un contro-Regolamento? - chiese stupita Tomelilla. - E cosa pensa di farci?

- Cosa PENSIAMO di farci. Parla pure al plurale perché io l'aiuterò a raccogliere le firme e a sottoporre alla Somma Assemblea dei Magici il contro-Regolamento firmato da tutti, e così loro saranno costretti a cambiare quel vecchio, stupido codice.

- Bada a come parli, signorina! - la riprese la zia. - Quel vecchio, stupido Regolamento, come l'hai chiamato tu, è stato scritto da due Saggi per il bene della comunità. E stabilisce che...

- ... SARÀ LECITO USARE LA MAGIA A

SCUOLA! - la voce di Pervinca echeggiò solenne nelle scale. - Non per cambiare i voti o pilotare le interrogazioni, ma per giocare durante l'intervallo e tenere a distanza le impiccione.

- Evviva! - gridò Vaniglia.

Pervinca continuò:

- Regola numero due: ci si potrà trasformare in quello che si vuole quando si vuole. A parte mostri carnivori e pidocchi che restano vietati per ovvie ragioni.

Tomelilla si prese la testa fra le mani. «Cosa devono sentire le mie povere orecchie…» pensò.

- Regola numero tre: tutti possono volare quando pare e piace a loro, di notte e di giorno. Soprattutto se sono fratelli o sorelle… uhm, questa va spiegata meglio… - disse segnandosi un appunto sul foglio.

- Prima di proseguire col tuo elenco, posso farti notare che il volo non è regolamentato dal codice, ma dalla natura dei nostri poteri? - commentò Tomelilla.

- I Sommi Saggi dovranno provvedere in qualche modo! - rispose Pervinca sicura. - Regola numero quattro: chi ha infranto il codice per amore

verrà premiato dalla comunità e in suo onore verrà eretto un albero per rinfoltire Bosco-che-Canta.

Tomelilla fece per commentare di nuovo, ma poi
non disse niente. Guardò Pervinca. Poi girò la testa e si allontanò, inseguendo un pensiero.

- Regola numero cinque… - Pervinca stava per
enunciare la quinta regola, quando Duff Burdock
bussò.

- Vado io - disse mamma Dalia. - Voi due filate
a lavarvi e vestirvi e poi tornate a preparare la ta-
vola.

Mentre correvano di sopra, sentii Vaniglia com-
plimentarsi con la sorella: - È perfetto, Vì! Che
brava. Cosa hai messo alla regola numero cinque?

- Aahh, questa ti piacerà…

- Quella è una delle mie matite?

- Sì, ma poi te la ridò…

L'odore del tradimento

Duff Burdock arrivò con un pacchetto sotto braccio.

- Oh, ciao, Dalia - disse entrando. - Sono un po' in anticipo, ma volevo dare queste a Cicero prima che…

- Accomodati, è in cucina - lo salutò mamma Dalia.

- Buon giorno, Felì!

- Signor Burdock, ha portato le uova? - non finii di parlare che dalla cucina arrivò la voce del signor Cicero. - Quante crèpes pensi che debba fare per riempire quella tua pancia enorme, mago ciccione che non sei altro?!

Aveva sentito.

- Oh, hai già fatto la pastella… - disse il signor Burdock entrando in cucina. - Aggiungici queste,

vuoi?... Uhm, ci hai messo poco zucchero.

- Levati di qui e lasciami lavorare, bestione! - brontolò il signor Cicero bacchettandogli la mano col cucchiaio.

- Oh, Duff, sei arrivato? - esordì Tomelilla entrando.

- Ho portato le uova a Cicero, ma non è solo per questo che sono in anticipo. Mi sono ricordato che nel pomeriggio ho promesso a Talbooth di aiutarlo a sistemare una falla nel *Santuomo*, perciò non potrò fermarmi troppo. Ieri sera al pub abbiamo pensato a un piano per proteggere il villaggio di notte... Volevo raccontarvelo.

Mamma Dalia entrò in cucina e socchiuse la porta.

- Una ronda! - annunciò Duff Burdock.

- Una ronda?

- Esatto, tre uomini in turni di tre ore. Gireranno per le vie del villaggio e lungo le mura esterne. Due Maghi del buio e un Nonmagico, che in caso di attacco correrà a dare l'allarme.

- In che modo?

- Suonerà le campane della vecchia Torre, quelle le sentono fino a Gogoniant!

- Non è affatto una cattiva idea. Almeno per

cominciare... Come abbiamo fatto a non pensarci durante l'Assemblea?

- Perché come al solito eravamo troppo impegnati a litigare fra di noi.

- Già, con tutti i dubbi che ci sono venuti sulla vera identità del Nemico... - sospirò Tomelilla. - Comunque avete pensato ai gruppi per la ronda?

- Sì, il primo stanotte lo faremo io e Meum. Mio fratello Vic sarà il Nonmagico del gruppo.

Il padre di Grisam! Sedute sulle scale, le bambine avevano ascoltato tutto. "Origliare sta male!" le avevo rimproverate. Ma figuriamoci, un argomento così non se lo sarebbero perso per nulla al mondo.

Dopo quella notizia, Pervinca si alzò e corse di sopra.

- Bisogna avvertire Grisam! - esclamò.

- Ma non possiamo uscire senza dirlo a papà e mamma - disse Vaniglia.

- NO CHE NON POTETE! - ribadii io.

Pervinca raccolse il suo zaino.

- Se non venite con me, ci vado sola! - dichiarò.

- Ma se ne accorgeranno e ti metteranno in castigo per un anno! - ribatté Vaniglia.

- Allora vieni con me, così staremo in castigo insieme.

- Oh, che bella idea! - sospirai. Ma Pervinca era seria.

- Ascoltatemi - disse - il padre di Grisam sta per mettersi in pericolo e Grisam ha il diritto di saperlo, giusto?

- Sbagliato! - risposi. - Perché di sicuro lo sa già, ne avranno parlato in casa e comunque non sta a te prendere certe decisioni!

- Invece io credo che lui non sappia niente! I grandi non ci informano mai, ci trattano ancora come bambini!

Non mi lasciava scelta.

- Mi dispiace, Vì - dissi seria - ma voi due non andrete da nessuna parte! - serrai la porta con un incantesimo, e per sicurezza andai a sedermi sulla maniglia. Pervinca mi guardò molto male. Provò anche a spostarmi e ad aprire, ma nessun essere umano può rompere l'incantesimo di una fata. Sconsolata si lasciò cadere sul letto.

- E va bene - disse, posando lo zaino. - Hai vinto tu, non ci vado… Forse hai ragione, lo sa già…

Nell'istante in cui Vì disse quella frase, uno

strano profumo, dolce e pungente, invase la stanza.

- Posso fidarmi? - chiesi, strofinandomi il naso.

- Sì, puoi fidarti… Andiamo a fare colazione prima che quelli di sotto si arrabbino.

Tolsi l'incantesimo alla porta. Ma quell'odore mi fece starnutire. Entrai nel mio barattolo per prendere un fazzolettino e…. CLOC!

Improvvisamente sentii il tappo avvitarsi svelto sopra di me. In quel momento riconobbi l'odore che mi aveva fatto pizzicare il naso: era l'olezzo della bugia!

- APRIMI, APRIMI SUBITO! - gridai fuori di me. Pervinca indossò al giacca, prese lo zaino e scomparve giù dalle scale. Un attimo dopo, Vaniglia la seguì.

- Perdonami, fatina. Devo andare con lei, ma torniamo presto, te lo prometto.

Quel che successe dopo, in buona parte mi fu raccontato, poiché nessuna fata può aprire un tappo chiuso a tradimento. E quel che vidi di quel terribile giorno fu solo la battaglia!

Il pensiero di Felì

*P*er tutto il tempo in cui rimasi chiusa nel barattolo, pensai a come erano vestite le bambine e a cosa avevano portato con loro: forse inconsciamente speravo che, se si fossero trovate in pericolo, avrei potuto riconoscerne i colori da lontano, o individuare un oggetto lasciato indietro o perso.

Era uno strano pensiero, che allora non compresi. Sapevo che se le bambine si fossero trovate in pericolo, avrei avvertito il segnale con le antenne e non ci sarebbe stato alcun bisogno di vederle per ritrovarle. Eppure, ancora oggi posso descrivere con cura cosa indossavano il giorno in cui fu sferrato il secondo attacco: Pervinca aveva la maglietta color prugna con il grande girasole ricamato nel centro e un paio di calzoni di ciniglia leggera dello stesso colore della maglietta, ma un po' più scuri.

Con sé aveva la giacca e lo zaino della scuola. Babù invece indossava l'abito color geranio con i
piccoli ricami scintillanti e il grembiule di tela.
Cosa aveva portato via? Nulla, mi parve. Ma ri-
cordavo male...

Il litigio

Le ragazze s'incamminarono verso la casa di Grisam, ma arrivate alla fontana cominciarono a discutere.

- Hai fatto una cosa terribile, Vì - disse Babù, correndo dietro a sua sorella. - Felì non ti perdonerà mai più.

- Non avevo scelta. Possibile che non capisci? - rispose secca Pervinca. - Perché sei venuta? Potevi stare a casa!

- E cosa dicevo a mamma e papà?

- La verità, tu dici sempre la verità.

- E cosa c'è di male? Tu invece non la dici mai! Nemmeno adesso! Non vai da Grisam perché sei preoccupata per suo padre…

- Ah no? E allora perché, sentiamo?

- Ci vai perché lo vuoi vedere e basta!

- Sei proprio scema, Babù! Non capisci niente!

- Invece capisco tutto. Oggi vi ho visto, appicci-cati a ridere...

- Sei gelosa! Ecco perché rompi tanto! Tornatene a casa, non ti voglio fra i piedi!

- Invece vengo, così vediamo chi ha ragione. E spero proprio di darti fastidio.

- Vattene, Babù, vai a casa a contare le matite o a mettere in ordine la camera come una brava bam-bina!

- O magari a trasformare Rex in una bella spil-la. Eh, che ne dici, vado?

- Oh, Babù, tu non sapresti trasformare un rospo in una rana, non ne hai la capacità e neppure il fe-gato... Come non hai il fegato di dire a Grisam che sei innamorata di lui e non vuoi che noi due sia-mo amici!

Vaniglia sentì le lacrime salirle agli occhi.

- Ti odio, Vì! Ti odio con tutto il mio cuore e spe-ro di non vederti mai più! - disse con rabbia.

Pervinca si mise a correre più forte che poté e sparì fra le vie del villaggio.

Rimasta sola, Vaniglia non seppe più cosa fare. Seguire sua sorella... nemmeno a pensarci, e a ca-

sa l'aspettava una bella sgridata. Decise di andare a sedersi in Piazza. A quell'ora, e con quel caldo, doveva essere vuota e nessuno l'avrebbe vista piangere. A parte Quercia.

Il vecchio albero notò subito la bambina.

- CHEEE SUCCEEEDE, PICCOOOLA PEEERIWIIINKLE? SEEEMBRI UUUNA CORTEEECCIA TAAANTO SEEEI COOORRUCCIAAATA…

- Ho litigato con mia sorella… - rispose Vaniglia trascinando i piedi.

- OOOH, L'HO APPEEENA VIIISTA COOORRERE CHE PAREEEVA L'IIINSEGUIIISSE IL FUOOOCO!

- Già…

- VIEEENI A SEDEEERTI ALL'OOOMBRA, PIIICCOLA PEEERIWIIINKLE. SEEE REEESTI ANCOOORA AL SOOOLE, LE LAAACRIME COMINCERAAANNO A BOLLIIIRTI SULLA FAAACCIA…

Vaniglia si lasciò cadere sopra una delle panchine che circondavano il tronco di Quercia. Ai suoi piedi erano ancora visibili le tracce della tempesta.

- Il Nemico ti ha strappato un bel po' di rami, eh?! Ti ha fatto male?

- MAAALE? UUUHM, SIIÌ, UUUN PO', MAAA COME VEEEDI SOOONO RAAAMI PIIICCOLI, LI SOSTIIITUIIIRÒ

IN FREEETTA. PIUTTOOOSTO, HO SAPUUUTO QUELLO CHE È SUCCEEESSO A CAAASA VOOOSTRA IEEERI SEEERA. UN'AVVENTUUURA TERRIIIBILE.

- Già, ho avuto l'occasione di restare figlia unica, ma la fortuna mi ha voltato le spalle proprio alla fine!

- OOOOOH, TU UUUSI LA LIIINGUA COOOME UN'ACCEEETTA. QUEEELLA SIIÌ FA MAAALE!

- Non ho cominciato io... È stata lei, quella vipera di Pervinca!

- HA DEEETTO FALSITAAÀ?

- Certo, come sempre!

- CAPIIISCO. ALLOOORA LE SUUUE PAROOOLE NON DEEEVONO AVEEERTI FERIIITO TROOOPPO...

Vaniglia decise che era arrivato il momento di cambiar discorso:

- Sai che Pervinca è una Strega del buio? - disse, accogliendo sul suo grembo uno dei micioni che vivevano nella Piazza.

- CEEERTO, ALTRIMEEENTIII IL TERRIIIBILE VENTUUUNO NON AVREEEBBE PROVAAATO A RAPIIIRLA...

- Non capisco...

- IL NEMIIICO RAPIIISCE I MAAAGICI DEEEL BUUUIO PER CONVIIINCEEERLI A PASSAAAREEE DAAAL-

LA SUUUA PAAARTEEE, NON LO SAPEEEVI?

- Sì, ma non rapisce solo loro…. - replicò Vaniglia, liberando uno degli artigli del gatto dai fili del suo grembiule.

- DI SOOOLITO SIÌ! IEEERI DEEEVE AVEEER FAAATTO UN'ECCEZIOOONE, O FOOORSE SI È SOOOLO SBAGLIAAATO…

Vaniglia guardò Quercia perplessa.

- FRAGRAAARIA FREEES È UNA STREEEGA DEEELLA LUUUCE, EPPURE IEEERI HA RAPIIITO ANCHE LEEEI!

- E tu dici che non aveva mai rapito Magici della luce prima?

- NOOO, MAAAI!

- Questo zia Tomelilla non ce l'ha detto.

- AH, NOOOO? ALLOOORA FAI COOONTO CHE IOOO NON AAABBIA PARLAAATO. ORA, VAAAI A CAAASA. E A PROPOOOSITO, COME MAAAI SEEEI IN GIIIRO DA SOOOLA? DOOOV'È LA TUUUA FAAATA?

- Mi stava seguendo, deve essersi fermata da qualche parte…

- UUUHM, STRAAANO…

Nell'aria assolata della Piazza echeggiarono le note di un violino stonato, segno che il liutaio McMike lavorava anche di domenica. Vaniglia non voleva

che la vedesse lì da sola, ma le informazioni sui rapimenti che le stava dando Quercia erano troppo interessanti per lasciar perdere. Doveva saperne di più e doveva saperlo in fretta.

- Sciocca che sono! - disse, battendosi una mano sulla fronte. - Certo che ce l'ha detto. Figurati, zia Tomelilla ci ha raccontato tutto della Rocca di Arrochar, perfino che il Nemico tortura là i suoi prigionieri per convincerli ad allearsi con lui e quelli che non accettano vengono… Com'è che ha detto? Non ricordo le parole esatte…

- Veeengono trasfoooormaaati in pieeetre. Peeer queeesto la Rooocca creeesceee di uuun paaalmo dooopo ooogni rapimeeentooo! - rispose Quercia, abboccando all'amo di Babù. Vaniglia, a stento, trattenne la sorpresa.

- Urgh! Ehm, sì, certo. Te-terribile vero?!

- Teeeriiibile, siiì. I Nonmaaagici non creeedono a questa stooooria, eppuuure baaasta avvicinaaarsi alla Rooocca per udiiire il lameeento di queeei povereeetti. Dicoooono che è il veeento che soooffia fra le guuuglie acuMiiinaaate. Ma iiio looo conoooosco, il veeento: luuui soooffia, griiida, uuulula, maaa non

PIAAANGE. SALEEEENDO IL MOOONTE ADUUUM, SI OOODE IL PIAAANTO DEI MAAAGHI E DEEELLE STREEEGHE DEL BUUUIO PRIGIONIEEERI PEEER SEEEMPRE. TUUU QUEEESTO LO SAPEEEVI?

- Devo avvertire Pervinca! - esclamò Vaniglia saltando giù dalla panchina. Gesto che piacque molto poco al gatto.

- COOOME?

- Ehm, ecco… devo andare a cercare mia sorella… La mamma ci aspetta a pranzo e adesso è già tardi… Grazie per le inform… ehm, per la compagnia. Ci vediamo più tardi!

Quercia mosse i rami in segno di saluto.

- UUUHM, SEEENTO UNO STRAAANO ODOOORE… - disse dopo fra sé e sé.

Vaniglia si mise a correre verso la casa dei Burdock: non le importava più della litigata, desiderava solo raggiungere sua sorella e metterla al corrente delle nuove scoperte.

Ma quando arrivò, i buoni propositi si trasformarono subito in nero fumo: attraverso le sbarre del cancello, Babù vide Pervinca tirare fuori dello zaino la pergamena del Magico Regolamento, mentre Grisam reggeva fogli e penna… Vi aveva deciso di

scrivere il contro-Regolamento con lui!

Perché? Quando glielo aveva chiesto, lei aveva accettato con entusiasmo. Le aveva fatto mille complimenti per l'idea e dato massimo appoggio per la raccolta delle firme. Ci credeva in quel progetto, le piaceva l'idea di realizzarlo con sua sorella. Perché Pervinca l'aveva esclusa? Era innamorata di Grisam, dunque. E lui, era innamorato di lei??

Nascosta fra le grandi ortensie che rivestivano il muro, Vaniglia vide il giovane mago tirare fuori qualcosa che fino a quel momento aveva tenuto nascosto dietro la schiena. Era una piccola scatola rossa con un bel fiocco dorato. Grisam la consegnò a Vì. E quando Pervinca aprì il pacchetto, un piccolo oggetto brillò ai raggi del sole: era un gioiello!

Vaniglia sentì un gran dolore allo stomaco, come una spada che la passasse da parte a parte, e il magone salirle alla gola. Scappò, prima di piangere. Delusa, tradita e umiliata, decise che se ne sarebbe andata per non tornare mai più, e così prese la strada verso la scogliera. Ignara del fatto che, per tutto quel tempo, non era mai stata sola…

A casa intanto…

*R*inchiusa nel mio barattolo, udii i grandi chiamare per la colazione: - BAMBINEEE! È PRONTOOO!

Sperai che qualcuno salisse a cercarle, ma accadde tardi, troppo tardi. Quando ormai l'agguato era stato teso…

Madame la sconosciuta

Babù percorse il sentiero che costeggiava la spiaggia, attraversò il ponte di pietra sul torrente Baran e si arrampicò verso la scogliera. Quando fu in vista del faro, si ricordò che la casa di Shirley era nelle vicinanze e così decise di andare a cercarla.

Lasciò la costa e s'inoltrò nella macchia, fra l'erica e le ginestre fiorite. Era assorta nei suoi pensieri e non badava alla direzione né al tempo che passava, seguiva i sentieri dei pastori, accarezzando le spighe fiorite.

Improvvisamente, però, si accorse che qualcosa era cambiato. La vegetazione intorno a lei era mutata: al posto dei fiori e degli alberi della Valle, ondeggiavano al vento piante che non aveva mai visto. Il loro profumo era intenso e inebriante.

Mentre cercava di orientarsi e di capire da quan-

to stesse camminando, notò, in lontananza, una figura. Era minuta e danzava silenziosa in un campo di gigli candidi, alti quasi come lei. La piccola persona era avvolta in uno strano costume. Una specie di tunica di seta scarlatta, tenuta chiusa in vita da una fascia molto alta che sulla schiena formava un grosso fiocco, ben ordinato. Le maniche erano decisamente ampie e le ragazza vi nascondeva dentro le mani. Dai capelli raccolti spuntavano fiori di peonia e due lunghi cordini di seta dorata scendevano accanto al suo viso, che era dipinto di bianco.

Babù si acquattò e per alcuni istanti osservò la sconosciuta: aveva un'aria vagamente familiare… D'improvviso qualcosa si mosse fra l'erba! Poteva essere una pernice, o una grossa lucertola, o una lepre o… Vaniglia trattenne il fiato. Qualunque cosa fosse, stava correndo dritta verso di lei, rapida e invisibile. Finché a un tratto, senza sapere da dove fosse sbucata, se la ritrovò addosso.

- Barolo! Smettila, mi fai il solletico! - gridò Babù riconoscendo il cane dei Poppy. Le stava leccando la faccia, fiero d'averla trovata e felice di rivederla.

Quando Vaniglia riuscì ad alzarsi, accanto a lei

c'era la sconosciuta.

- Tu?!! - esclamò. - Santo cielo! Non ti avevo proprio riconosciuta. Sei così diversa, così…

- Sono Madame la Farfalla! - esclamò Shirley Poppy. Dalla fascia che l'avvolgeva sbucò fuori Mr Berry.

- Madame… chi?

- È la protagonista di un'opera! - spiegò la bambina. - Mia mamma l'ha interpretata tante volte, quando recitava con papà e la zia Malva.

- Tu… tua mamma era… un'attrice? - Vaniglia era frastornata. Shirley invece sembrava a suo agio in quello strano contesto. Annuì alla domanda di Vaniglia. Poi, con un elegante movimento della mano fece sparire il paesaggio di fiori esotici che le circondava e con un altro movimento riportò le eriche e le ginestre.

- Chi sei veramente? - chiese Babù.

- Sono una strega, come te - rispose Shirley. - E da quel che ricordo lo sono sempre stata, fin dalla nascita. So fare magie molto difficili. Vuoi vederle?

- Dalla nascita? Non hai dovuto aspettare che ti spuntassero gli ultimi denti? Che strano! Anche questo costume è strano e le tue magie sono stra-

ne… Tu crei e fai sparire… Dovrebbe essere impossibile! Insomma, o sei una Strega della luce e allora fai comparire, o sei una Strega del buio e quindi fai scomparire: ma tutt'e due le cose… Non ci capisco più niente!

Shirley sorrise:

- Vieni, ti mostro una cosa - disse, prendendo Babù per una mano.

Le due bambine attraversarono il campo scortate da Barolo che saltava di qua e di là. Poi camminarono dentro a un ruscello, s'inoltrarono in un piccolo bosco e finalmente sbucarono dietro a una fattoria.

Shirley scavalcò la staccionata e Vaniglia la seguì.

Io intanto…

Quando Dalia, Tomelilla e Cicero salirono in camera per cercare le bambine, erano così sicuri che fossi con loro che non guardarono nel barattolo. Ed erano talmente agitati che non udirono le mie grida.

Dalia uscì dalla stanza dicendo che sarebbe andata da Flox. Oh, no, no, pensai, non dai Pollimon. Quando udii Cicero e Duff Burdock dire che andavano da Grisam: - Sono lì! - gridai. E tirai un sospiro di sollievo: era chiaro che presto le avrebbero trovate e tutto si sarebbe risolto con un bel castigo generale. Ma allora perché le mie antennine continuavano a tremare? Avevano un presentimento… percepivano un pericolo… Babù! Babù era in pericolo.

- Presto! Presto! - ripresi a gridare. - Cercate Babù! BABÙ È IN PERICOLO!!!

La fattoria dei Poppy

*N*ella fattoria c'erano molto animali: oche, papere, galline. Babù avrebbe voluto giocare con loro, ma Shirley era decisa a mostrarle un vecchio carrozzone, abbandonato nel prato davanti a casa.

- Era dei miei genitori - spiegò. - Con questo hanno girato il mondo, portando commedie e tragedie di villaggio in villaggio. La gente accorreva e a volte pagava anche il biglietto per vederli recitare: "VENITE, GENTE! VENITE A VEDERE LA SPLENDIDA E BRAVISSIMA ABERDEEN NELLA PARTE DELLA GITANA ESMERALDA!" gridava papà. Lui disegnava le scenografie e zia Malva cuciva i costumi della mamma. Sono qui dentro... - Shirley mostrò a Vaniglia un grosso baule colmo di abiti, alcuni dall'aspetto prezioso, altri poco più che cenci.

- Mi hanno detto che era molto bella... e che era perfetta in tutte le parti che recitava: regine, principesse, gitane... Non l'ho mai conosciuta.

- Non hai mai conosciuto la tua mamma?

Shirley scrollò la testa. - È scomparsa il giorno in cui sono nata. L'ultima volta che l'hanno vista era sulla scogliera del faro. Credo che il mare l'abbia portata via. Per questo non mi avvicino a lui: il mare ha portato via la mia mamma.

- Mi dispiace molto - disse Babù, sfiorandole una mano.

Shirley richiuse il baule e saltò giù dal carrozzone: - Ti mostro un'altra cosa...

Entrarono in casa, e se il carrozzone degli attori aveva stupito Babù, la casa la sbalordì. Era stipata con gli oggetti più strani che Vaniglia avesse mai visto: lampade di vetro soffiato, vasi laccati, pipe lunghe più di un metro, stemmi e ritratti reali, teiere assurde, tessuti che servivano da quadri e cestini che erano cappelli... Non un solo centimetro di quella casa era stato lasciato libero. E dappertutto tende e cuscini dai colori cangianti, alcuni impreziositi con fini monete d'oro, altri con gemme e pietre preziose. Shirley spiegò a Vaniglia che la maggior parte di quegli oggetti proveniva dall'Est Lontano e che erano doni di Principi e Imperatori alla sua famiglia.

- ... Era il loro modo di ringraziarli per il piacevole intrattenimento, capisci? - disse Shirley. - Pensa che hanno recitato perfino per il marajà della Maltelia!

- Accipicchia. E dov'è la Maltelia? - chiese Babù.

- Oh, è molto lontana. Servono diverse ORE per arrivarci!

Vaniglia pensò che Shirley stesse mentendo. Oc-

correvano mesi e non ore per raggiungere l'Est Lontano. Ma forse si sbagliava. Nel dubbio, non chiese più nulla e seguì la ragazzina su per una scala di legno molto ripida.

- Qui dormo io - disse Shirley, mostrando fiera l'angolino che era stato ricavato per lei nel sottotetto. A Vaniglia parve un posto molto comodo e confortevole.

- Magari avessi io una stanzina così carina tutta per me! - disse.

- Aspetta, ora la prendo... - Shirley si infilò sotto il letto. - La tengo qui perché papà sostiene che con questi perdo il mio tempo. Secondo me si sbaglia…. - Dopo poco ricomparve con una ragnatela in testa e una cartellina gonfia di fogli. - Sei la prima persona a cui li mostro… - disse consegnando il plico a Vaniglia.

- Cosa sono?

- Disegni! Su, apri.

Babù fece appena in tempo a sciogliere il fiocco che la cartellina si spalancò e centinaia di fogli volarono sparpagliati su tutto il pavimento.

- Scusa, mi dispiace. Sono un impiastro. Ora te li raccolgo...

- Non ti preroccupare, succede sempre anche a me - la rincuorò Shirley. -Forse avrei bisogno di un'altra cartella per contenerli tutti.

Vaniglia però non sentì: aveva raccolto alcuni fogli e li osservava estasiata. Non aveva mai visto disegni così belli, così… magnifici! Erano animali, soprattutto quelli della fattoria, ma anche animali del bosco: scoiattoli, daini, un grosso rospo dall'aria snob, picchi e porcospini. C'era anche un salice bellissimo.

- Sono così belli che paiono prendere vita… - disse Babù. Per terra vide dei ritratti: il signor Poppy intento a intagliare qualcosa, la zia Malva mentre cuciva e… Vaniglia! - Questa sono io! Quando me lo hai fatto?

- Ieri sera. Sei tu alla scogliera. Somigli, vero?

- Eccome, sembra una foto! Lo voglio, però prima devi firmarlo!

- Oh, non serve. Tanto tu sai che l'ho fatto io.

- Già, ma la firma dell'autore impreziosisce l'opera. Dai, firma!

- Magari un'altra volta..

- E quando? Hai una penna? Su, scrivi "Shirley" qui…

- No, davvero. Preferisco di no...

- E su, perché non vuoi firmarlo?

- Non è che non voglia... - Shirley tirò un lungo sospiro e Mr Berry le si avvicinò per farle una carezza.

- Non ti piace il tuo nome, è questo?

- Io non so scrivere! - ammise Shirley abbassando lo sguardo.

Il tuo nome sei tu!

Vaniglia rimase in silenzio. Poi ricordò la reazione che Shirley aveva avuto davanti al regalo di sua zia…

- Non fa niente. T'insegnerò io - disse. - Tu in cambio m'insegnerai a disegnare e a fare quelle belle magie che ho visto nel prato. Va bene?

Shirley sorrise e fece segno di sì con la testa.

- Per cominciare, imparerai a firmare… Prendi la penna che ti ha regalato zia Tomelilla.

- Oh, quella… non scrive!

- Ieri, quando l'hai provata, scriveva!

- Già, poi ho tentato di scrivere una parola, e lei… se te lo dico non mi credi. Meglio se lo vedi da te… - disse Shirley prendendo la penna di gufo reale.

Babù intinse la punta nell'inchiostro e scrisse il proprio nome: VA-NI-GLIA. - Funziona benissi-

mo! - disse, mostrando la scritta a Shirley.

- Ah, sì? Guarda qui…

Shirley poggiò il pennino sul foglio e tracciò uno scarabocchio che somigliava a una signora grassa. Era molto concentrata e per aiutarsi usava la lingua e le labbra.

- …bbbbB - pronunciò. Poi fece una specie di casetta che doveva essere una A. Vaniglia lo intuì perché la bocca della bambina era spalancata. - BA… - disse a quel punto Shirley. Poi cominciò a scrivere la terza lettera. Disegnò un'altra signora grassa, ma si fermò troppo presto e invece di una B scrisse una P. Con una furia mai vista, la penna si staccò dalla sua mano, tracciò una grossa X sulla P e furibonda tornò nella sua scatola, serrandola sopra di sé. Vaniglia la guardò sbigottita.

- Visto? Ha fatto così anche ieri sera! - spiegò Shirley.

- È geniale! - esclamò Babù. - Non capisci? Quella penna si rifiuta di scrivere gli errori! Non solo, li evidenzia in modo che tu possa correggerli! - Se Pervinca avesse una penna così - continuò ridendo - finirebbero col picchiarsi: Vì si divertirebbe a scrivere gli errori solo per vedere la penna infuriarsi!

Le due bambine risero insieme. Poi Babù prese la mano di Shirley fra la sua: - Cosa volevi scrivere ieri sera?

- Oh, non fa niente - rispose lei. - Aiutami a firmare il tuo disegno, piuttosto.

Guidata dolcemente da Vaniglia, Shirley cominciò a scrivere il suo nome:

...S... H... I... R...L...E...Y!

- Ecco - disse alla fine Vaniglia. - Questa sei tu!

- Il mio nome... - Da come pronunciò quelle parole, sembrò che Shirley Poppy avesse appena scoperto il mondo intero, invece di sette piccole lettere.

Il suono di uno degli orologi da basso fece trasalire Vaniglia.

- Le sette? È tardissimo. Devo tornare, i miei genitori non sanno neppure che sono qui! Saluto i tuoi e scappo....

- Oh, papà non c'è e zia Malva sta cucendo. E quando cuce non ci sente. E cuce sempre! - raccontò Shirley.

- Già, l'ho sentito dire. E cosa cuce? - chiese Vaniglia seguendo la bambina giù per la scala.

- Boh, e chi lo sa? Non lo mostra a nessuno. Se ne sta tutto il giorno nel suo laboratorio ed esce solo a notte fonda.

- E chi si occupa di te durante il giorno?

- Barolo! E Mr Berry e anche Antenna, la gru che dorme sul nostro tetto…

- Sì, ma… chi cucina, chi lava e stira…? - In casa Periwinkle toccava a mamma Dalia.

- Io! - rispose Shirley. - E qualche volta papà. Ma non è cosa da augurarsi tanto…

- Tu cucini? - Vaniglia pensò che la sua nuova amica stesse mentendo di nuovo.

- Le frittate di erbette e il soufflé di acetosella sono la mia specialità. Se vuoi, un giorno le cucinerò per te.

Babù scosse la testa: lei e sua sorella sapevano a malapena scaldare il latte!

- Ti accompagno per un pezzo… - disse Shirley facendo strada.

Bosco-che-Canta

ttraversarono l'aia. Il sole si era nascosto dietro le nuvole e Babù notò che i gabbiani volavano alti: segno che stava per piovere. Si preoccupò, e ancora di più quando vide che invece di andare in direzione del villaggio, Shirley aveva preso il sentiero verso il bosco.

- Dove andiamo?

- Seguimi, conosco una scorciatoia! - rispose la ragazzina sicura.

Camminarono fino a una radura e là Shirley si fermò.

- Vengo spesso qui a disegnare - disse. - Papà non vuole perché dice che Bosco-che-Canta non è posto per bambini. Ma a me piace e…

- Siamo a BOSCO-CHE-CANTA? Ma… non lo sai? Questi alberi sono cittadini della Valle che han-

no infranto la legge. Andiamo via! - esclamò Babù terrorizzata.

- Perché? Non ti fanno niente - disse Shirley. - È vero, hanno infranto la legge, ma la maggior parte di loro lo ha fatto per amore. Saranno felici di avere un po' di compagnia. Prendi lui, per esempio - Shirley indicò un bel salice dalle fronde sottili - sono sicura che non ha fatto niente di male e se lo ha fatto, è stato per il bene di qualcuno! Non lo trovi incredibilmente fine ed elegante? È il mio preferito!

Vaniglia riconobbe l'albero del disegno.

- Sì, hai ragione, non ha l'aria di essere un criminale pericoloso! Chissà chi era... Ehi, cos'è questo rumore? Lo senti anche tu?

- A me sembra una musica.

- Ma no, è il vento fra le foglie...

- Lo pensa anche mio papà. La zia Malva, però, dice che i prigionieri del Bosco cantano sempre una canzone, una specie di ninnananna per coloro che hanno amato. Per questo lo chiamano Bosco-che-Canta... Io ci credo.

- Ora è tardi davvero. Devo andare - disse Vaniglia. In quel momento, Barolo e Mr Berry, che per tutto il tempo aveva mangiato mirtilli, si fermaro-

no ad annusare l'aria.

- Ti accompagno per un pezzo, così ti mostro la strada - disse Shirley. Il topolino si arrampicò sulla spalla della sua padrona e mostrò la lingua blu.

- Ti verrà mal di pancia, caro amico! - lo avvertì Shirley.

- E se invece avesse la lingua blu perché c'è un pericolo? - suggerì Babù sempre più a disagio.

- Hai paura? Vuoi che ti seguiamo fino a casa?

- E poi tu?... No, no, meglio di no. Però affrettiamoci, è già il tramonto e io non posso più volare.

- Allora ti accompagnerà Barolo, lui trova sempre la strada di casa.

Barolo abbaiò qualcosa.

- Bene, ha detto che è felice!

- Me lo immagino!

- No, è vero. Barolo non dice mai bugie!

- E tu come lo sai? Comprendi il linguaggio degli animali?

- Certo! - rispose Shirley seria. - Non tutte le parole, ma il senso dei loro discorsi lo afferro spesso.

- Mi stai prendendo in giro?

- No, perché dovrei?

- Allora sei una strega davvero speciale, Shirley Poppy. Io non ho nemmeno la metà dei tuoi poteri...

- Ora andate, presto! - disse Shirley abbracciando l'amica.

Barolo passò avanti e, naso a terra, fece strada.

La bugia di Scarlet

A casa Pollimon, Flox e sua mamma Rosie si offrirono di aiutare Dalia nelle ricerche, e zia Ortensia propose un piano.

- Potrebbero essere state rapite, certo, ma potrebbe trattarsi anche solo di una birichinata, e finché non lo sappiamo, io dico che non è il caso di allertare tutto il villaggio. Perciò, discrezione! Fidiven, tu sorvolerai ogni via e piazza e proverai a metterti in contatto con Felì. Appena avrai notizie, correrai ad avvertirmi. Rosie, prendi sottobraccio Dalia e incamminatevi verso le mura esterne. Flox e io andremo verso il porto e poi alla spiaggia… Se Cicero e Duff sono andati dai Burdock, di sicuro avranno già attraversato la Piazza. Perciò è inutile tornarci.

Era un buon piano, ma su una cosa zia Ortensia

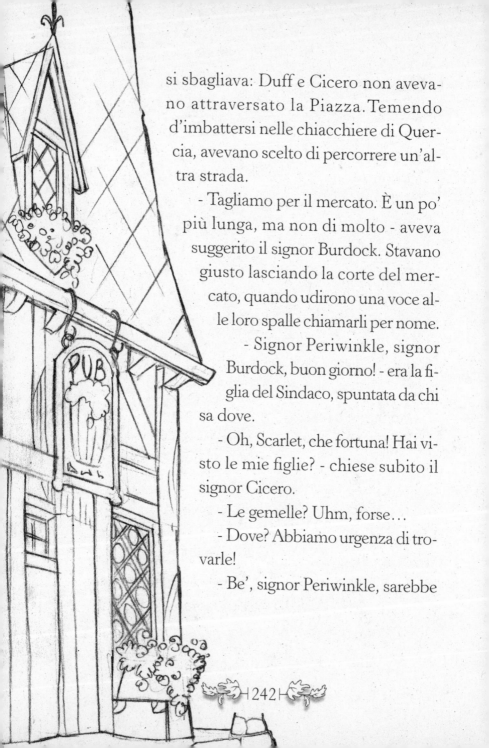

si sbagliava: Duff e Cicero non avevano attraversato la Piazza. Temendo
d'imbattersi nelle chiacchiere di Quercia, avevano scelto di percorrere un'altra strada.

- Tagliamo per il mercato. È un po'
più lunga, ma non di molto - aveva
suggerito il signor Burdock. Stavano
giusto lasciando la corte del mercato, quando udirono una voce alle loro spalle chiamarli per nome.

- Signor Periwinkle, signor
Burdock, buon giorno! - era la figlia del Sindaco, spuntata da chi
sa dove.

- Oh, Scarlet, che fortuna! Hai visto le mie figlie? - chiese subito il
signor Cicero.

- Le gemelle? Uhm, forse…

- Dove? Abbiamo urgenza di tro-
varle!

- Be', signor Periwinkle, sarebbe

un po' come fare la spia, voi capite…

- Oh, non ti preoccupare, non lo diremo a nessuno. Su, dove le hai viste?

- Tz-tze. La mia bocca è sigillata! Vaniglia e Pervinca sono amiche e non le metterei nei guai per nulla al mondo.

- Oh, non le metterai nei guai. Voglio solo parlare con loro…

- Signor Cicero, dovete credermi, se vi dicessi dove sono, voi vi arrabbiereste moltissimo e il solo pensiero che le mie amiche finiscano in castigo per colpa mia…

- Ma non finiranno in castigo, e non mi arrabbierò, promesso!

- Anche se… - era evidente che Scarlet stava prendendoli in giro - forse, un piccolo castigo potrebbe aiutarle a crescere.

Duff Burdock perse la pazienza.

- Scarlet Pimpernel - ringhiò - se non ci dici subito dove sono le ragazze Periwinkle, io ti prendo per i capelli, ti trascino da tua madre e le dico che invece di stare con tua zia Guenda, come promesso, eri in giro a bighellonare e a spiare i figli degli altri! Allora, dove sono?

- Voi non osereste! - sibilò Scarlet a denti stretti.
Davanti a una sfida così, l'istinto felino di un Mago del buio comincia a leccarsi i baffi. - Mettimi alla prova - disse il signor Burdock assumendo l'espressione del gatto che invita a giocare il topo.

- Io intanto comincio a contare: Uno... due...

- E va bene! Ve lo dico! - sbraitò Scarlet al tre. - Ma, vi avverto, non vi piacerà! Miss Innamorata Pervinca è nel giardino di vostro fratello, signor Burdock, e si sta baciando con vostro nipote Grisam il quale le ha regalato un anello di fidanzamento: di latta, secondo me. E Miss Tristezza Vaniglia... li ha spiati fino a pochi minuti fa, poi singhiozzando è scappata via!

- Scappata dove? Babù non è tornata casa! - Era evidente che al signor Cicero non importava, in quel momento, chi avesse baciato chi, ma piuttosto che le sue figlie stessero bene!

- Mi pare d'averla vista prendere il sentiero che porta alla Rocca - rispose Scarlet distrattamente - ma potrei sbagliarmi. In fondo, quel sentiero porta in tanti di quei posti... non è vero?! Ora se volete scusarmi, vado a casa. *Au revoir* e addio!

Scarlet chiuse quel discorso con una smorfia e il signor Burdock la ricambiò con una linguaccia.

Una è in salvo...

$\mathcal{P}$oco dopo, i due uomini raggiunsero la casa dei Burdock. Pervinca non stava baciando Grisam. Per la verità aveva ripreso il suo zaino e stava uscendo dal cancello per tornare a casa, ma ormai il guaio l'aveva combinato e pure grosso.

- Ti prego, papà, non davanti a Grisam - supplicò sottovoce. Fu inutile.

- SI PUÒ SAPERE COSA VI È SALTATO IN MENTE? - grido il signor Cicero in preda all'ansia. - Dov'è tua sorella?

- Credevo fosse tornata a casa... - balbettò Vì.

- A casa non c'è. Scarlet ha detto d'averla vista prendere il sentiero verso la Rocca...

- Scarlet? Cosa ne sa lei?

- Oh, sa. Credimi, quante cosa sa, Scarlet!!! Allora, è scappata o no verso la Rocca dopo avervi visti?

- Visti? La Rocca? Ma di cosa state parlando? Babù e io abbiamo litigato più di un'ora fa. Io sono venuta da Grisam e lei… non lo so dov'è andata!

- Calmati, Cicero - intervenne il signor Burdock. - Felì è con lei, la farà ragionare…

- Felì non è con lei! - lo interruppe Pervinca.

- Come sarebbe a dire? Certo che è con lei!

- No, non credo proprio.

- Pervinca, ti avviso. Sono al limite della pazienza. Dì quello che sai, adesso!

Ma Vì non diede più spiegazioni. Fissò suo padre negli occhi per un istante, poi cominciò a correre verso casa. Disse solo:

- Vado a liberarla. Voi cercate Babù!

- A liberarla? - il signor Burdock trasalì. - Liberare chi?

- Oh, nooo! L'hanno chiusa di nuovo nel barattolo! - esclamò Cicero battendosi una mano sulla fronte.

Grisam fece per seguire Pervinca, ma suo zio lo trattenne un istante per una spalla:

- Adesso vai, ragazzo! Ma dopo noi due parliamo!

Libera!

*U*dii delle grida, poi dei passi affrettarsi su per le scale. La porta si spalancò e vidi Pervinca precipitarsi nella stanza verso di me. Dietro di lei c'erano Dalia e Tomelilla.

- Abbiamo perso Babù - gridò Vì con le lacrime agli occhi.

- Lo so! - dissi. - Non c'è un attimo da perdere.

- Sai anche dov'è? - chiese Tomelilla.

- Credo di sì, seguitemi!

Fuori, zia Ortensia e Fidiven ci stavano aspettando.

- Felì, ti ho cercata dappertutto, ma qualcosa disturba i nostri segnali. Ho capito solo poco fa che eri a casa - disse Fidiven volandomi accanto.

- Non ti preoccupare. Adesso andiamo da Babù.

- Vai avanti tu, io corro con i ragazzi ad avvertire

Cicero e Duff. - Vi raggiungeremo! Da che parte andrete?

- Frontebosco! - comunicai, portandomi in testa al gruppo delle ricerche.

- Frontebosco? Ma Scarlet Pimpernel ha detto a papà d'averla vista andare verso la Rocca! - esclamò Pervinca.

- Scarlet Pimpernel è una bugiarda! - gridai, allontanandomi con le streghe.

- E noi, cosa facciamo? - chiesero Rosie Pollimon e Dalia, rimaste a terra.

- Allerta il villaggio, Rosie! - rispose zia Ortensia. - Fai suonare le campane della Torre!

Ci voltammo ancora una volta per salutarle. Dalia era immobile davanti alla porta di casa e teneva le mani strette sul cuore.

- E io? - stava domandando con un filo di voce.

- Illumina la via del ritorno, Dalia, e prepara consolida e latte caldo! - le gridò Tomelilla. - Torneremo presto… Tutti, te lo prometto!

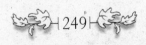

L'ombra del Nemico

I lampi illuminavano le nuvole all'orizzonte e le raffiche di vento rendevano faticoso camminare: ai due compagni di viaggio giunse l'odore della pioggia. Era già notte.

- Tu li senti i grilli, Barolo? - chiese Babù per rompere il silenzio che li circondava. - Io no… Meno male che sei con me, se no sarei già morta di paura… Chissà mamma e papà come sono arrabbiati!

Cominciò a piovere.

Uno strano rumore fece arrestare Barolo. Vedendolo in posizione di ferma, Babù si spaventò.

- Magari è una volpe… - disse. - Ce ne sono tante da queste parti, ma non sono pericolose, sai? Sì, lo sai… Cosa facciamo?

Barolo guardò Vaniglia e Vaniglia capì: - Corriamo!

Presero a correre a perdifiato inseguiti da uno

scalpiccio di passi, tanti passi. Passi umani.

- ASPETTAMI! ASPETTAMI! - gridò Babù.

Barolo tornò indietro e le corse accanto incitandola a fare più in fretta.

Ma il sentiero era accidentato e al buio Babù cadde!

Rotolò per un pendio che sembrò non finire mai, fra rovi e massi... Rotolò, rotolò e rotolò ancora. E quando si fermò, era sola, accanto a un muro.

In lontananza udì Barolo abbaiare.

- Sono qui! - disse, tirandosi in piedi e pulendosi dalle foglie e dal fango. Avrebbe voluto chiamarlo, urlare. Ma aveva paura che la sentissero. Chi la stava seguendo? Si guardò intorno e vide solo buio. A tentoni percorse il muro fino a un vecchio cancello arrugginito.

E allora capì: era caduta vicino al vecchio cimitero celtico. Le gambe le si paralizzarono dalla paura. Cosa doveva fare? Di nuovo udì Barolo chiamarla e subito dopo delle grida! Grida terribili!

Improvvisamente si ricordò della bussola.

- Da che parte devo andare? Dimmi, presto! - la interrogò. La casetta nel quadrante prese a vorticare velocemente. Otto, nove, dieci giri. Poi si fermò! - Di là? - chiese Vaniglia meravigliata. - Ti

sbagli, Fairy Oak è dalla parte opposta. Là c'è Bo-sco-che-Canta e io non voglio tornarci.

Babù riinfilò l'oggetto in tasca e s'incamminò ver-so il villaggio. Ma la bussola cominciò a vibrarle for-te sul fianco.

- Ti ho detto che in quel bosco non ci torno, smettila! - esclamò Vaniglia, afferrandola per cal-marla. Quando rialzò gli occhi, davanti a sé vide una cosa che le scaldò il cuore: - Una lucciola! Avevo ra-gione dunque! Questa via è sicura!

Non aveva finito di parlare che udì Barolo ab-baiare ferocemente contro le terribili grida. Erano proprio davanti a lei e nemmeno tanto distanti. Si fermò: se c'era trambusto, perché la lucciola non fuggiva via? La osservò meglio e notò che la bestiola danzava in piccoli cerchi concentrici, proprio da-vanti a lei. Ricordando la lezione della zia, Vani-glia contò i bagliori! Tre corti, tre lunghi, di nuovo tre corti… PERICOLO! Ecco cosa stava dicendo la lucciola: PERICOLO! Vaniglia tirò fuori la busso-la e vide che la casetta continuava a indicare di tornare indietro.

Si girò e, senza più pensarci, cominciò a correre verso Bosco-che-Canta.

Intanto, i latrati e le grida erano diventati una sola cosa: Barolo stava combattendo per salvarle la vita. Udì di nuovo i passi dietro di lei e delle voci così vicine che riuscì a capire quel che gridavano:

- PRENDETELA! PRENDETELA VIVA!

Guidati dalle mie antenne, sorvolammo la scogliera e dirigemmo verso Frontebosco.

- È stata qui! - gridai, quando fummo sopra l'antico cimitero.

- La vedi? - chiese Tomelilla.

- No, non ancora… - Poi improvvisamente: - Laggiù! Quei tafferugli… mi sembra Barolo. Si sta azzuffando! Con… ombre, ombre nere!

- Non sono ombre, sono emissari del Nemico! - disse zia Ortensia abbassandosi. - Sono maghi vestiti di nero, suoi alleati. Scendo ad aiutarlo! Voi cercate Babù! Vi raggiungerò…

Rapida come un falco, la strega si staccò da noi e scese verso Barolo per ingaggiare, con lui, una tremenda battaglia a terra.

La osservammo per qualche istante, poi la pioggia si fece fitta e il cimitero scomparve alla nostra vista.

- DA CHE PARTE ADESSO? - gridò Tomelilla.

Non lo sapevo. D'un tratto avevo perso il segnale.

- C'è qualcosa davanti a noi, una specie di… energia, una cosa enorme che mi impedisce di… di sentire… - balbettai.

Vidi Tomelilla fermarsi nell'aria e con occhi disperati guardarsi intorno in cerca di una traccia. Pareva inerme e spaventata e mi impressionò molto vederla in quello stato: mi sentivo sciocca e inutile e tuttavia, per quanto mi concentrassi, non riuscivo a captare altro che me stessa.

Mentre tentavo di radunare in fretta le idee, udii un grido. Una piccola voce lontanissima.

- Felìiìi! Felìiìi, sono quìii! Quaggiùùùùù!!! - chiamava.

- PRUD?! Dove sei?

- Sono quìii sottooo, mi vedìii? Ho una cosa per vooooiiiii!

Mi abbassai sperando di riuscire a scorgere la luce della fata, ma gli occhi mi si colmavano d'acqua e le gocce contro cui sbattevo mi facevano sbandare di continuo.

- Non ti vedo, Prud, non posso vederti… - singhiozzai scoraggiata.

- Sono qui… - disse lei d'un tratto vicina.

Mi voltai e per un istante pensai di sognare: Prud aveva volato verso di me nella tempesta.

- Vi ho seguite e ho trovato questa per terra - disse porgendomi una cosa. Tentai di afferrarla, ma Prud precipitò di alcuni metri. Il suo volo era molto agitato, e solo dopo diversi tentativi riuscii a prendere la bussola di Babù. Doveva averla persa!

- Indica Bosco-che-Canta. Andate, presto! - incitò Prud spingendomi via.

La ringraziai commossa e tornai verso Tomelilla.

La battaglia

𝒮eguendo la direzione della bussola, volammo attraverso la pioggia verso Bosco-che-Canta. Ci tenevamo basse nella speranza di vedere Babù.

E infatti: - È LÀ, STA CORRENDO! - gridai riconoscendo i colori del suo vestito. - MA C'È QUALCUNO DIETRO DI LEI!

Ci lanciammo nella sua direzione, ma una gigantesca nube nera ci si parò davanti. Quando Tomelilla fece per attraversarla, una forza invisibile la fermò e la ributtò violentemente indietro.

- TRATTIENISTREGA! - esclamai, temendo che la strega andasse a sbattere contro il tronco di un grosso albero. Tomelilla smise di rotolare e si fermò. Aveva gli abiti pesanti di pioggia e i capelli scompigliati, e tuttavia nessuna intenzione di arrendersi. Raccolse le forze e si lanciò di nuovo verso la nube. Ma in quello stesso momento, l'ammasso nero si trasformò in un ruggente groviglio di lampi.

«Va troppo veloce per fermarsi, ci finirà dentro e la colpiranno!» pensai. Chiusi gli occhi e in un tentativo estremo inviai un soffiodifata: sapevo che, se ben misurati e mandati nel giusto istante, possono salvare una vita.

- FRASTREGAELAMPO! - ordinai. Un bagliore accecante avvolse Tomelilla e io mi sentii svenire. Trattenni il fiato e cominciai a contare: - Uno… due… tre… - Poi, un brivido… eccola!

- NON HO PAURA DI TE! COMBATTI IN MODO NUOVO, MA TI CONOSCO E SO COSA VUOI: NON VINCERAI! - gridava furibonda verso il Nemico. Era viva e più combattiva che mai.

Io, al contrario, ero paralizzata dalla paura! Il Terribile 21! Lo incontravo per la seconda volta, e per la seconda volta mi trovavo a combatterlo per difendere dalla sua ferocia le persone che amavo. Eppure non sapevo chi fosse né lui sapeva di me, e ai miei occhi questo rendeva tutto ancora più spaventoso.

La voce di Tomelilla mi arrivò come uno scos-

sone. - FELÌ, RENDITI INVISIBILE E RAG-GIUNGI BABÙ! - ordinò.

Mi ripresi all'istante.

- Fatadaria! - esclamai ubbidendo. Mentre scomparivo alla vista del Nemico, vidi Tomelilla trasformarsi in una splendida libellula.

Strinsi gli occhi e m'infilai fra la pioggia. Aggirai la matassa di folgori e volai di nuovo in cerca di Vaniglia.

Sorvolai la foresta, guardando in ogni direzione, ma di Babù sembrava non esserci più traccia. All'improvviso, una piccola figura comparve fra gli alberi sbattuti dal vento. Fuggiva, inseguita da loschi figuri.

- CORRI, BABÙ! CORRI! - gridai. - CORRI PIÙ CHE PUOI!

Non poteva sentirmi, i tuoni erano assordanti e io ancora troppo distante. Tuttavia, continuai a gridare e ad affrettare il mio volo, pur sapendo che non sarei mai riuscita ad arrivare a lei prima degli altri.

Quando a un tratto, Babù scomparve.

Gli emissari giunsero sul posto dove un istante prima c'era la bambina e si fermarono spaesati. Finalmente li raggiunsi e volai intorno a loro.

Ortensia aveva ragione, erano Magici, forse addirittura abitanti del villaggio, vestiti e incappucciati di nero. Così vicina, udii bene le voci, ma non ne riconobbi nessuna.

Dov'era Babù?

Il ramo di un salice mi sfiorò la schiena. Poteva vedermi? Evidentemente sì, poiché mi fece segno di seguirlo. Salimmo insieme verso le sue fronde più alte, e quando fummo quasi in cima si fermò.

Scostò alcune foglie e mi indicò di guardare: avvolta dai suoi rami, in un nido soffice e protetto, c'era Vaniglia. Era tutta raggomitolata e tremava dalla paura. I rami del Salice l'avevano afferrata e portata al sicuro.

- Babù, sono Felì! - sussurrai rendendomi di nuovo visibile.

- Felì? Sei tu davvero? - disse lei, spostando appena le braccia dal viso. Quando mi vide, la sua gioia fu immensa e la mia… Avrei voluto rassicurarla, portarla a casa, ma non c'era tempo!

- Devo tornare da tua zia - dissi. - Tu stai qui e non ti muovere fino a quando non sentirai di nuovo la mia voce. Intesi? Non muoverti per nessuna ragione, Babù! Il Salice ti proteggerà!

La baciai sulla fronte e tornai verso la battaglia.

Attraverso la tempesta, rividi il groviglio di lampi che si contorceva nel cielo. Era più grande e più fitto di prima e il cuore mi salì in gola… Avrei potuto scappare e lasciare la mia strega al suo destino, ma non lo avrei mai fatto!

Perciò avanzai, un battito d'ala dopo l'altro, inghiottendo bocconi di paura. Cercavo di non pensare a quei tentacoli di fuoco che, come impazziti, frustavano e schioccavano in un fragore agghiacciante intorno alla piccola libellula. Le sue ali erano ferite, ma lei continuava a combattere, zigzagando fra le folgori e trasformandone quante più poteva in fili di seta dorata.

Dovevo raggiungerla, dirle che Vaniglia era al sicuro: questo le avrebbe dato nuovo vigore e speranza… Mi resi di nuovo invisibile e con l'aiuto di mille soffidifata riuscii ad affiancarmi a Tomelilla, giusto il tempo per darle la notizia.

Poi, un lampo ci separò di nuovo, ma da lontano vidi che la libellula sorrideva.

In mezzo al campo di battaglia, la paura mi passò di colpo. Combattei e riuscii ad assestare

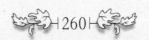

anche qualche buon colpo, ma dentro di me non riuscivo a smettere di pensare: «Per quanto ancora potremo resistere?»

Improvvisamente, un rumore che mai avevo sentito in vita mia fece tremare la Valle. Era il verso di un animale gigantesco. Non ebbi il coraggio di voltarmi, chiusi gli occhi e attesi che giungesse la fine…

Non so cosa me li fece riaprire, poiché il ruggito era ormai sopra la mia testa, ma fui incredibilmente felice d'averlo fatto, poiché quel che vidi superò ogni mia paura, ogni mia immaginazione, ogni fantasia che avesse aleggiato nella mia giovane mente: davanti a me c'era il maestoso drago bianco di Dum e sul suo dorso, fiera e bellissima, cavalcava la mia strega!

Il drago volava elegante e sicuro fra i lampi, incurante dei loro assalti: le scariche di fuoco si spegnevano contro di lui e sembravano non riuscire più a colpire nemmeno Tomelilla, come se uno scudo invisibile la proteggesse.

Furioso e impotente, il groviglio gridava e si contorceva dalla rabbia. Poi, all'improvviso, si trasformò!

Lampi e tuoni scomparvero e per un istante

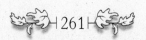

credemmo fosse tornato alle sembianze di nube. Ma l'assordante ronzio che emetteva ci convinse che era qualcosa di nuovo, qualcosa che non avevamo ancora visto e che non avremmo voluto vedere mai!

In men che non si dica, uno sciame spaventoso di cavallette nere dalle zampe affilate come rasoi ci circondò. Un attimo dopo, le avevamo addosso...

Fu una delle lotte più tremende che abbia mai vissuto: in groppa al drago, Tomelilla lanciava incantesimi di farfalle, ma per quante cavallette riuscisse a trasformare, altrettante o forse anche il doppio ritornavano. Perfino il fuoco del drago sembrava non avere effetto su di loro: anche incendiate, continuavano ad aggredirci, trafiggendo i nostri abiti e ferendoci.

Tomelilla però sembrava non accorgersene. Le sue ferite si rimarginavano in fretta e l'energia della strega pareva infinita. Tuttavia, il Nemico aveva scelto bene la sua arma: sapendo che una Strega della luce non può scomparire, aveva lanciato contro di lei armi minuscole e sottili: in qualunque cosa Tomelilla si fosse trasformata, anche la più piccola, le cavallette l'avrebbero colpita.

- NON FUOCO, MIA FEDELE NAIM, MA VENTO CONTRO DI LORO! - gridò la strega al drago, aggrappandosi forte alle sue redini.

Il drago cominciò a battere le grandi ali… forte, sempre più forte… Dovetti aggrapparmi alla sua criniera per non essere spazzata via, ma l'idea funzionò. Le enormi turbolenze create da quel poderoso movimento aprirono un varco nello sciame e noi riuscimmo a fuggire.

Ma fu un sogno breve.

Gli animali ricompattarono in fretta le fila del loro esercito e rapidi come la corrente si tuffarono al nostro inseguimento.

Fuggimmo verso il villaggio. Poi, improvvisamente, Tomelilla tirò a sé le redini di Naim: - Così li portiamo sulle nostre case… Devo fermarli! - disse, voltandosi verso il Nemico.

"*Devo*? E io?" Cercai il suo sguardo per capire cosa voleva che facessi… Perché aveva detto "devo" e non "dobbiamo", perché non mi aveva dato l'ordine di combattere, oppure di fuggire? La guardai ancora, ma lei non si girò mai. In sella al suo drago, attendeva fiera l'arrivo dello sciame.

In lontananza, si scorgevano già le luci del villaggio. Dalia, seguendo il consiglio di Tomelilla, le aveva fatte accendere tutte… Presi un respiro profondo e mi girai anch'io.

- Sono con voi, Tomelilla, ci sarò sempre - dissi, schierandomi al suo fianco.

Non ricordo a cosa pensassi mentre guardavo lo sciame farsi sempre più grosso, ero con le creature più meravigliose che mai avessi conosciuto e questo mi dava una strana pace. Certo, il cuore mi batteva forte: eravamo tre contro milioni, non potevamo vincere, ma potevamo rallentare la loro corsa e in questo modo dare il tempo agli altri Magici di prepararsi… Che coraggio dà la speranza!

Infine… eccoli. Il mio cuore smise di battere e mi parve di non sentire più alcun rumore.

Ero pronta.

A un tratto, però, qualcosa mi fece sobbalzare, delle grida alle nostre spalle. Mi voltai lentamente e il cuore mi esplose per la gioia: Duff, Ortensia, Fidiven, Etalì, Sulfior, stavano volando verso di noi. E non erano soli! Dietro di loro, un intero esercito di Magici volava in nostro aiuto: Calicanto Winter, Butomus Rush, Matricaria Blossom, e Cardo e Meum, Serenella Beldell, Verbena Well, Regina Strelizia, Lilium Martagon... perfino Margherita de Transvall, l'insegnante...

Tutti, c'erano tutti!

Adesso sì che potevamo vincere!

La battaglia che si scatenò fu lunga e disperata. Durò l'intera notte e tutto il giorno dopo, e per la Valle di Verdepiano segnò la fine di un'epoca. È l'inizio di un'altra.

I bambini di Fairy Oak conoscono a memoria questo capitolo di storia e ancora oggi si appassionano a leggere le gesta dei loro avi, maghi e streghe, che combatterono fianco a fianco per salvare la loro Valle.

Io non la racconterò, non adesso. Vi dirò invece come finì, e scoprirete presto perché quella battaglia fu così importante.

Di nuovo insieme

*Q*uando la pace e il silenzio tornarono a colmare la Valle, la vittoria era nostra. Ma i segni che aveva lasciato lo scontro confermarono in Tomelilla l'atroce sospetto che aveva avuto fin dal principio…

Mentre i maghi e le streghe si congratulavano l'una con l'altro e aiutavano chi era stato ferito, volai verso il Salice e verso Vaniglia. La ritrovai che piangeva, forse per la gioia, forse per la stanchezza, forse per tutt'e due le cose. Le baciai una lacrima e le sorrisi.

\- Stiamo tutti bene - le dissi.

I rami del Salice si aprirono sopra di noi e lentamente ci calarono a terra, dove Tomelilla e Cicero aspettavano per riabbracciare la loro bambina.

- Sei sana e salva! - singhiozzò Cicero, stritolando Vaniglia in un lungo abbraccio. Arrivò anche Barolo a farle le feste, e lei lo ringraziò:

- Non ce l'avrei fatta senza di te, sei un amico coraggioso! - disse, accarezzandolo. Poi si lanciò fra le braccia di Tomelilla. - Oh, zia, ho avuto così tanta paura per te…

- È stata dura - rispose lei. - Ma ce l'abbiamo fatta per un soffio…

«Uno?» pensai. «Un milione!»

- Andiamo a casa, prima però c'è ancora qualcuno che dovresti ringraziare…

Tenendo la zia per mano, Babù accarezzò il tronco del Salice: - Ha ragione Shirley! Sei un gentiluomo!

- …O una gentildonna! - intervenne Tomelilla.

- Già… Grazie per avermi salvato, tornerò a salutarti ogni volta che potrò! - disse Vaniglia.

Ci incamminammo lungo il sentiero del ritorno. Tomelilla però rimase un po' indietro, come per aspettare qualcuno. A un tratto sorrise e mandò un bacio verso il cielo: alzai lo sguardo e vidi il drago bianco di Dum che volteggiava sopra di lei. Naim mosse le ali in segno di saluto e volò via.

Tomelilla mi guardò e mi fece l'occhiolino.

- Ora andiamo a casa - sussurrò, mentre io mi lasciavo cadere esausta nella tasca di Babù.

L'abbraccio

uori dalle mura, l'intero villaggio ci venne incontro. Era una folla composta e silenziosa, gli uomini in testa con le fiaccole, e dietro le donne, con i bambini.

Non levarono grida di gioia né applausi, ma al nostro passaggio tutti ci offrirono qualcosa, un calice di vino caldo, una coperta, una pacca sulla spalla, una frase gentile:

- Grazie!

- Grazie di cuore!

- Come avremmo fatto senza di voi?

- State bene?

- Ci sono feriti?

- Una battaglia tremenda!

A un tratto, le grida di una bambina scrollarono

la folla: - Fatemi passare! Fatemi passare! È mia sorella! - diceva.

Vaniglia si staccò da Cicero e corse incontro a Pervinca. Le due gemelle si buttarono una al collo dell'altra.

- Perdonami! Perdonami, Babù! - singhiozzò Pervinca.

- No, è colpa mia, tu non hai fatto niente! - disse Babù, stringendola forte. Grisam le guardava lì vicino. Vaniglia abbracciò anche lui.

Prima di separarsi, Duff prese il viso di Lalla Tomelilla fra le mani e le diede un bacio sulla fronte:

- Sei la strega migliore che abbia mai conosciuto, Lillà dei Sentieri, e io sarò sempre fiero di essere al tuo fianco! - le disse. Vidi Tomelilla sorridergli in risposta, un sorriso stanco, ma colmo di riconoscimento e di dolcezza. Ricordo che pensai che sarebbero stati una bella coppia: chissà se ci avevano mai pensato?

L'atroce sospetto

Quella sera, i riti della cena e dei saluti si svolsero in silenzio: Cicero e Tomelilla bevvero un sorso di brodo e subito dopo diedero la buona notte; Dalia scaldò latte e miele per le bambine e tagliò per loro due fette di torta al cioccolato. Non smise di guardarle un solo istante, e quand'ebbero finito le accompagnò in camera.

Io volai nella serra, pur sapendo che quella notte sarei stata sola.

Entrai piano al buio e mi posai su un'orchidea bianca dalla quale si poteva ammirare il cielo. Era di nuovo stellato.

Cullata dal profumo dei fiori e stanca per le tante emozioni, chiusi gli occhi e finalmente mi rilassai. Ero quasi sul punto di addormentarmi quando uno scricchiolio mi fece sobbalzare.

Voltandomi, vidi un'ombra sollevarsi dalla sedia di Lalla Tomelilla.

- AAAAAAAH! - gridai per la paura. L'ombra fece un salto, rovesciò alcuni vasi e come un animale in trappola si appiattì contro il vetro della serra. Fu a quel punto, poiché la luna le illuminò il viso, che la riconobbi:

- Tomelilla!

- Oh, povero il mio cuore, Felì, sei tu?! Vuoi farmi morire?

- Non ditelo a me, credevo foste in camera vostra... fatamia, ho perso mille anni di vita!

- Come mai non sei con le bambine?

- C'è mamma Dalia con loro!

- Come stai, fatina? Non te l'ho nemmeno chiesto... E non ti ho ringraziato per il tuo immenso coraggio. Grazie, Sefelicetusaridirmelovorrai. È un onore averti con noi. Domani, doppia razione di panini all'arancio!

- Anche se ho combinato quel gran pasticcio, ieri notte? - chiesi.

- Ah, già... non sai la novità! - disse Tomelilla tornando a sedersi. - Fidiven ha parlato con Quercia oggi, mentre cercava te e le bambine, e sai cos'ha scoperto?

- No, che cosa?

- Ha scoperto chi ha messo le bacchette negli abiti delle bambine!

- Davvero??? E chi è stato?

- Cicero!

- Cicero?

- Proprio lui, con la collaborazione del tagliaboschi McDoc!

- Oh, e io che non l'ho ascoltata! Aveva cominciato a dirmi qualcosa stamattina, ma pensavo si trattasse di un pettegolezzo!

- Cicero desiderava fare un regalo simbolico a Vì e Babù per la loro prima lezione di magia e così, in gran segreto, ha chiesto al tagliaboschi di cercargli due rami di noce senza difetti, e con quelli di fare due bacchette di uguali dimensioni. Ieri notte, sapendo che avrei fatto apparire le divise nell'armadio, è entrato e ha messo le bacchette nei vestiti. Dev'essere successo quando tu sei uscita, ma è stato un caso.

- Povero signor Cicero, una volta tanto che aveva avuto un pensiero… magico! - dissi.

- Già, ma ancora non mi hai detto come stai tu…

- Sto bene, Tomelilla, non preoccupatevi per me.

Sono minuscola e sembro fragile, ma noi fate abbiamo mille vite e mille risorse. Combatterò quel Terribile 21 finché non se ne sarà andato, vedrete! Voi pensate che vinceremo?

- Io spero di sì, ma non stiamo combattendo contro il Terribie 21, Felì…

- Nooo?!? E contro chi, allora?

- I segni che preludono al suo arrivo sono stati gli stessi ed è piombato su di noi il 21 di giugno, ma questo Nemico non desidera distruggere la nostra Valle!

- Ah, no?

- Guardati intorno, Felì… I suoi attacchi hanno lasciato qualche ramo per terra, rotto qualche vaso, hanno distrutto le nostre barche e le campane adesso suonano stonate, ma in fondo è ancora tutto qui. La grandine del Terribile 21 invece devastava i raccolti, il suo vento sradicava gli alberi e faceva volare i tetti del villaggio, la sua pioggia scioglieva le montagne… No, fatina, io credo che questo Nemico voglia la Valle tutta per sé, splendida e rigogliosa com'è ora! Per questo rapisce anche i Magici della luce: perché ricostruiscano domani quello che le battaglie rovineranno oggi.

- Quello che dite ha un senso, ma come si combatte un Nemico del genere?

- È una buona domanda, ma purtroppo non ho una risposta. Non ancora.

- Be' - dissi con tono ottimista - per ora gliele abbiamo suonate a… già, come devo chiamare questo nuovo Nemico?

- Chi vuole possedere la bellezza senza capirne il valore… io lo chiamo ROZZO! - rispose Tomelilla.

- Rozzo… - ripetei. - …Suona abbastanza male, sì. Sarà più facile combatterlo ora che so il suo nome.

Il Segreto delle Gemelle

*M*entre tornavo verso la camera delle bambine, mi fermai un istante ad ascoltare: immaginando quanto avessero da spiegarsi, non volevo interrompere discorsi delicati.

Non udendo altro che il respiro della casa, entrai. Una lucina era ancora accesa, ma le bambine dormivano. Erano tutt'e due nel letto di Pervinca e si tenevano per mano. La mano di Vì che stringeva Vaniglia aveva un anellino sull'anulare: ne avevano parlato? Probabilmente sì e avevano trovato un accordo. Il grande amore che le univa aveva vinto anche su questo.

Cosa avrei dato per udire le loro parole in quel momento! Ma quel che si dissero rimase segreto per sempre. Un segreto fra sorelle, ed era bello così.

Posai la bussola vicino a Babù, salutai Rex che

pisolava lì accanto e spensi la luce.

Avevo promesso che avrei vegliato ogni minimi-nuscoloistante e così non provai nemmeno ad addormentarmi. Presi una penna dal mio cassetto e cominciai a scrivere questo diario.

Vivevo con la famiglia Periwinkle da oltre dieci anni, ma la mia grande avventura con loro cominciava in quei giorni.

E doveva riservarci ancora molte, incredibili sorprese…

INDICE

Riciclare 1000 kg di carta...

• salva 17 alberi
• salva energia sufficiente a rifornire una casa per 6 mesi
• elimina 3 metri cubi di materiali inerti
• risparmia 31.780 litri d'acqua
• produce il 75% in meno di inquinamento nell'aria
• impiega il 57% dell'energia impiegata per produrre
una tonnellata di fibra vergine
• produce il 35% in meno di inquinamento dell'acqua.

Fonte: http://www.oldgrowthfree.com

LIBRO UNO

Il Segreto delle Gemelle

Elisabetta Gnone

Fairy Oak è un villaggio magico e antico, nascosto fra le pieghe
di un tempo immortale. A volerlo cercare, bisognerebbe viaggiare
fra gli altopiani Scozzesi e le scogliere Normanne, in una valle
fiorita della Bretagna, fra i verdi prati irlandesi e le baie dell'oceano. Il villaggio è abitato da creature magiche ed esseri umani,
ma è difficile distinguere gli uni dagli altri. Infatti, fate, maghi,
streghe e cittadini comuni abitano quelle case di pietra da tanto
di quel tempo che ormai nessuno fa più caso alle reciproche
stranezze. E dopo tanto tempo, tutti si somigliano un po'!
A parte le fate, che sono molto piccole, luminose e... volano!
I maghi e le streghe della Valle le chiamano per badare ai piccoli
del villaggio. Questa storia è raccontata proprio da una di loro:
Felì, la fata delle due gemelle Vaniglia e Pervinca.

LIBRO DUE

L'Incanto del Buio

Elisabetta Gnone

A Fairy Oak il tempo della pace sembra destinato a finire,
perché un antico Nemico è tornato in cerca di rivincita.
Il Signore del Buio vuole governare il mondo nell'oscurità
e per farlo deve distruggere l'altra metà del magico potere, la Luce.
La difesa è affidata ai Magici, che già in passato sono riusciti
a respingerlo, ma il Nemico si insinua tra loro e l'Antica Alleanza
vacilla. La speranza è nelle giovani mani di Vaniglia e Pervinca,
le streghe gemelle, simbolo vivente dell'Alleanza.
Continua così, tra mille avventure, il racconto di Felì,
la fatina luminosa a cui è affidato il difficile compito di proteggere
le streghe gemelle di Fairy Oak.

LIBRO TRE

Il Potere della Luce

Elisabetta Gnone

La guerra travolge la Valle di Vedepiano.
Gli abitanti di Fairy Oak organizzano la difesa,
ma il dubbio avvelena i loro animi: il Nemico è riuscito a insinuarsi
fra le gemelle? L'Antica Alleanza tra Luce e Buio è spezzata?
Nonostante l'affetto di Vaniglia, Pervinca è costretta a fuggire
ed è allora che il Nemico sferra l'ultimo attacco.
Le mura di Fairy Oak sembrano resistere, ma il Signore del Buio
ha in serbo una sorpresa che sconvolgerà gli assediati... Forse però
non tutto è come appare. La Luce deve ancora mostrare
il suo potere e l'amore nasconde ancora un segreto.
Si conclude con questo terzo ed emozionante episodio
il lungo racconto di Felì la piccola fata luminosa che veglia
sulle streghe gemelle di Fairy Oak.

Edera

Rosa

Cardo

Ortensia

Malva

Meum